ディスカヴァー文庫

忌少女

清水カルマ

Discover

1

一九九九年、七の月、空から恐怖の大王が降ってきて人類は滅亡するだろう、と言われていたが、結局なにもなく、十月になっても日常はただ平凡につづいていた。

「あともうちょっとでお別れだね」

夏前にはクラスのみんなはそんなふうに言葉を交わし合っていたが、本当に信じている生徒はどれぐらいいたのか、平凡な夏が終わって平凡な秋がやってきた今では、もう滅亡について会話する者はほとんどいない。ただ、テストや好きな男子やテレビのバラエティ番組の話題ばかりだ。

そんな流れに、臼庭《うすば》美雪《みゆき》は少し物足りない思いを抱いていた。どうせなら、本当に滅びたらよかったのに……。そう思うのは中学三年生という多感な年頃のせいだろうか。いや、人生には苦悩が多すぎる。それが大人たちから見たらたいしたことではないとしても。

今も、美雪は職員室で苦悩の時間を過ごしていた。年配の女性体育教師、鈴本咲子《すずもとさきこ》のしつこい小言につきあわされていたのだ。

「わかったわ。診断書まで持ってこられたら仕方ないものね」

鈴本がため息混じりに言い、その重く苦痛な時間から、ようやく解放されることができた。

「ありがとうございます」

うんざりした思いや安堵の笑みが顔に出ないように気をつけて、職員室の出入り口のところまで行って振り返り、美雪は神妙な表情で鈴本に向かって「失礼します」と一礼した。

廊下に出て、ようやくほっと息を吐いた。

体育教師である鈴本に、二学期中は体育の授業をすべて見学させてもらうために病院の診断書を提出してきたのだった。

美雪は幼い頃から病弱だった。特に太陽の強い日差しに当たると、夜になると決まって熱を出してしまう。
一、二年生のときは、体育の授業は半分ぐらいは見学にさせてもらっていたが、新しく転任してきた鈴本はそれを許してくれなかった。
だから一学期は無理をして体育の授業に参加していた美雪だったが、水泳の授業に参加したことで決定的に体調を崩してしまい、夏休みもほとんど家の中で過ごさなければならなかった。

最近は不整脈がつづいていて、医者からは激しい運動は避けるようにと言われていたこともあり、二学期の体育の授業はすべて見学にしてもらいたいと鈴本に申し出たのだが、返ってきた言葉はある意味予想通りのものだった。

「そんなのは気の持ちようでしょ？　身体は少しぐらい痛めつけたほうが丈夫になるのよ。大事にしすぎると、かえって弱くなっちゃうの。若いんだから、無理してでも運動はするべきよ」

もうすぐ二十一世紀になろうというのに、かつてバレーボールの全日本代表選手に選ばれたことがある年配の体育教師は未だに昭和の根性論を振りかざす。そのため、わざわざ病院で診断書を書いてもらってきて、それを見せてなんとか納得してもらったのだった。

はあ、と美雪はもう一度、大きく息を吐いた。今度は安堵の吐息ではなく、明らかなため息だ。

美雪としても、本当は体育の授業を受けたかった。太陽の下で、みんなと一緒に走り回ったり、プールで泳いだり、ボールを追ったりしたかった。でも、無理をすると、すぐに具合が悪くなってしまうのだ。

自分の身体の弱さにうんざりしてしまう。ひょっとしたら、大人になっても、この先ずっと太陽を避けるような生活をつづけなければいけないのではないだろうか。まるで暗闇に棲む不気味な生き物のように……。

なにを変なことを考えてるのか。そんなわけはない。美雪は頭を振ってマイナスのイメージを振り払い、廊下を歩き始めた。

まるで映画や演劇の効果音素材のような、中学生たちの発する声があちこちから聞こえてくる。

放課後のひとときを友達とのおしゃべりにあてている女子生徒たちの笑い声や、ふざけてプロレスごっこのようなことをしている男子生徒たちの叫び声。それにもう野球部が練習を始めているのか、準備運動の号令らしきものと、それに合わせて発せられる大勢の声がグラウンドのほうから聞こえてくる。

どこか他人事のように聞こえるその音声の中を歩いていると、廊下の向こうから青いジャージ姿の大崎昭吾《おおさきしょうご》が歩いてくるのが目に入った。そのとたん、美雪は少し緊張し、歩き方がぎこちなくなる。

大崎は現在二十九歳、教師になって七年目だということだが、年齢よりも若く見える。高校時代に硬式テニスの全国大会で三位になったことがある経験を活かして、現在はテニス部の顧問を務めている。鈴本ほどではないが体育会系だ。そのせいもあって、担当科目は国語だというのにいつもジャージ姿だ。

「おう、美雪」

片手を上げて声をかけてくる。大崎は生徒を名前で呼ぶ。俺はみんなの兄貴のつもりなんだから名字で呼ぶなんてよそよそしいだろ、というのが大崎の言い分だ。そういうところが暑苦しいと嫌う生徒もいたが、美雪はいやではなかった。

それは母一人子一人の母子家庭で育ったために、男親や兄弟というものに対する憧れがあるからだ。それに美雪が大崎に対してほのかな恋心を抱いているからというのも少しあった。病弱でインドアな自分とは真逆な世界でエネルギッシュに生きている大崎に、どうしても美雪は惹かれてしまうのだった。

「鈴本先生にはちゃんと話してきたのか？」

大崎は美雪のクラス担任だったために、鈴本咲子から話を聞かされていたらしい。

「はい。診断書を見せたら、鈴本先生にもわかってもらえました」

「そうか。よかったな。俺は美雪が授業をサボりたいから嘘をついたりするような生徒じゃないって知ってるから、鈴本先生にもそう言っておいたんだ」

白い歯を見せながら言う。ということは、やはり鈴本は美雪が嘘をついて体育の授業をサボろうとしていると考えていたということだ。そういうことを無意識にバラしてしまう無神経さが、大崎らしさでもある。

美雪が苦笑を浮かべると、大崎は不思議そうに美雪の顔をのぞき込んできた。

「ん？　どうした？」

近いよ、先生。心の中で声をもらして美雪はよろけるように一歩後ろに下がり、「さよなら」と唐突に言うと、そのまま大きく迂回するように廊下の端を駆け抜けて大崎から遠ざかった。

せっかく声をかけられたのに、ほとんど会話らしいことはできなかった。それでも憧れの大崎と言葉を交わしたということに変わりはない。

「大崎先生と話しちゃった」

誰に言うでもなく、そんな言葉が口から出てしまう。柄にもなく浮かれている自分がおかしくて、美雪はひとりで小さく笑った。心が躍るのに任せて、長いストレートの髪を靡かせて階段をひとつ飛ばしで駆け上がった。とたんに息切れがして、美雪は手すりに寄りかかった。

「情けないなあ」

口からもれるそんなつぶやきには若々しさのカケラもない。

しばらくそうして休んでから三年四組の教室に戻った。放課後のこの時間には、もう残っている生徒は誰もいなかった。

視界の端に、なにかいやな気配を感じて、美雪は何気なく教室の後ろの壁を見た。そこには昆虫標本が飾られている。十数匹のセミの死骸を木製の標本箱にピンで留めたものだ。安西隆史《あんざいたかし》という生徒がいろんな種類のセミを自分で捕まえて標本にしたもので、中にはかなり珍しい種類のセミも含まれているらしい。

確かに力作だが、興味のない者にはどれもたいした違いがないように見えるし、セミはよく見ればグロテスクだ。特に女子生徒たちからは不評だったが、夏休みの自由研究部門で文部大臣賞を受賞したことを記念して、こうして教室の後ろに展示されているのだった。

この標本を見る度に美雪はいやな気持ちになってしまう。これは死骸なのだ。それを防腐処理して飾るなんて残酷だ。それにこの標本を作った過程は聞いていないが、中には自然に死ぬのを待たずに命を奪ったものも含まれているのではないだろうか。

セミの成虫は一週間の命かもしれないが、それを全うするのと中断させられるのではまったく違う。こんなものは見たくない。早く片付けてくれればいいのに。

そんなことを思いながら美雪は自分の机の中の教科書をすべて学生カバンに移動さ

せて教室を出る。

教科書の詰まったカバンは重い。クラスメイトたちは机の中や、教室の後ろのロッカーに教科書を入れっぱなしにしていたが、美雪はどうしてもそんなことをする気になれなかった。

中学三年生としては小柄で痩せている美雪には、学生カバンは大きすぎる。その重いカバンを両手で持って階段を降りて、昇降口にある靴箱を開けた。パサッと乾いた音を立てて足下に紙が落ちた。

キャラクター物の便箋を小さく折り畳んだものだ。開くと、そこには角張った文字で一行、短い文章が書かれていた。

『大講堂の裏で待ってる。君が来るまでずっと待ってるから、絶対に来てくれ。

Nより』

それだけだ。

Nって誰だろう？　特に思い浮かぶ名前はない。ただ、その手紙の目的はわかる。

告白だ。

大講堂の裏は告白スポットとして有名だった。中学に入学して二年半ほどの間に、美雪は何度大講堂の裏に呼び出されたかしれない。

美雪はまたため息をついた。まだ中学生なのだ。今は誰ともつきあうつもりはない。大崎に対する憧れごっこだけで充分だった。

そう思って美雪は手紙を無視することにした。ただ、この手紙をその場に放置しておいて誰かに見られたら相手に恥ずかしい思いをさせてしまう。「N」だけでは個人を特定できないだろうが、その分、犯人捜しのようなことが行われるかもしれない。

そんなことにならないように美雪は手紙をカバンにしまうと、上履きから白いスニーカーに履き替えて正門のほうに向かった。

途中、数台の車が停めてある横を通った。そのひとつ、大きなワンボックスカーは大崎の車だ。テニス部の試合などで遠征するとき、生徒たちを後部座席に乗せるためにこの車を買ったということだ。

それにキャンプが趣味で、その道具を運ぶのにも大きいほうが便利なのだとか。どちらも美雪には無縁なことだった。いつかこの車に乗せてもらいたいなと思っていたが、もちろん誰にも言ったことはなかった。

もう少しで正門というところまで来て、美雪は立ち止まった。もしも本当に誰かが待っているなら、すっぽかしたら悪い。そんな気持ちがどうしても拭えなかった。

職員室で鈴本と話をしていたので、もう六時限目が終わってからずいぶん時間が経ってしまっていたが、まだ待っているだろうか？　だけど、『君が来るまでずっと待ってる』と書いてあるし……。

「はあ」とまた大きく息を吐くと、美雪はくるりと振り返り、大講堂のほうへと歩き始めた。

大講堂の裏は建物の陰になっていて、さらに樹木が生い茂っているために昼間でも薄暗い。それをムードがあると考える男子が多く、告白の場所として人気があるらしい。女子からしたら、気味悪いだけの場所だ。少なくとも美雪は、あまり足を踏み入れたい場所ではなかった。

その薄暗い大講堂の裏のコンクリートの段差に、制服姿の男子が腰掛けていた。男子にしては髪が長い。横になにか黒い大きなものを置いている。どうやらギターの入ったソフトケースのようだ。

美雪の気配を感じたのか、その人物がこちらを振り返った。それは一学期に東京から転校してきた男子生徒だ。名前は内藤達也《ないとうたつや》。軽音楽部に所属している内藤は、いつもギターを持ち歩いていて目立っていた。

先週行われた文化祭では、この大講堂のステージでライブを披露し、女子生徒たちの黄色い声援を浴びていた。ギターがすごく上手で、すでに大人たちに混じって街のライブハウスでも演奏をしているという話だ。

そんなだから、内藤はかなりモテる。美雪のクラスにも、勝手にファンクラブを作って盛り上がっている女子生徒も多かった。

「来てくれたんだね。ありがとう」

美雪に気づいた内藤はほっとしたような笑みを浮かべて立ち上がり、ギターケースを片手に持ってこちらに向かって歩いてくる。

さらになにか言おうとする内藤の機先を制するように、美雪はカバンの中からさっきの手紙を取り出して、内藤に向かって差し出した。

「これ、お返しします」

「え？」

内藤は意外そうに首を傾げ、曖昧な笑みを浮かべた。

「こういうことをされても困ります。私は男女交際なんて興味がないんです。まだ中学生だし、今は受験勉強が大切なんで。じゃあ、これで失礼します」

美雪は内藤に告白する隙を与えずに言い、手紙を渡すと、くるりと後ろを向いて歩き始めた。

心臓が激しく鼓動を刻んでいた。中途半端に優しい態度を取るとしつこく粘られるということを学習していたので、無理して毅然とした態度を取ったが、心臓が口から飛び出しそうになっていた。

膝が震えて歩き方がぎこちなくなってしまう。それをごまかすようにカバンを両手で持って重さをアピールしながら、薄暗い大講堂の裏から明るい場所に出た美雪は、そのまま正門のほうに向かおうとして、小さく息を呑んで足を止めた。

そこには三人の少女たちがたむろしていた。同じクラスの三田晴香《みたはるか》、里中愛梨《さとなかあいり》、北川希実《きたがわのぞみ》だ。

三人とも髪は明るい茶色で、肌は真っ黒に日焼けしている。制服のスカートのウエストを巻き上げるようにして下着が見えそうなぐらい丈を短くし、膝下ぐらいまであるルーズソックスを穿いていて、胸元の赤い紐《ひも》リボンもだらしなく緩めて、シャツのボタンを多めに開けている。『egg』という雑誌から抜け出してきたかのような典型的なコギャルファッションだ。

髪を染めるのも制服を着崩すのも、もちろん校則違反だ。先生たちはことあるごとに職員室に呼び出したりして注意をしていたが、彼女たちにはまったく応えない。学校内はともかく、外ではもっと悪い人たちとつきあっているという噂だ。それは先生でも手出しできないような相手らしい。だから生活指導の先生も、晴香たちにはもう通り一遍の注意しかしなくなっていた。

でも、担任教師である大崎だけは違っていた。「正義マン」と生徒たちからあだ名されている大崎は、昔の青春学園ドラマに憧れているのか、体当たりで生徒たちにぶつかっていく。晴香たちのファッションがこの程度で済んでいるのも、大崎のおかげだ。二年生のときには、まるでヤマンバのようなメイクをしていたのだから。

とにかくこの三人は問題児で、いつも授業中に騒いだり、先生をからかったり、週末にはお酒を飲んだり踊ったりするほうのクラブに出入りしているという話で、美雪にとっては一番苦手な存在だった。

美雪が苦手だと感じるのと同じように、相手も美雪に対してあまりイイ感情は持っていないようだ。教室でもいつも冷ややかな視線を向けてくるので、居心地の悪い思いをしていた。それでもこれまでは、なんとか適度な距離を保つことができていた。でも、今はそうはいかないようだ。

晴香たちはなにか言いたそうな顔をしている。案の定、意地悪そうな笑みを浮かべながら、三人はのっそりとしただらしない動きで美雪の前に立ちふさがった。

「あれ？　臼庭、あんた変なところから出てきたよな。大講堂の裏でなにをこそこそやってたんだよ？」

三人の中のリーダー格である晴香が、半笑いの顔を前に突き出すようにして訊ねる。その横で愛梨と希実が腕組みをして美雪を威嚇している。

確か愛梨は内藤のファンを自認していた。街のライブハウスにも聴きに行っていて、そのことを自慢げに教室で話していたことがあったし、クラス名簿を手に入れて内藤の住所を調べ、家を見に行ったと騒いでいた。

ファンというか、熱狂的な追っかけのようなものだった。ひょっとしたら今日も内藤の様子を遠くから窺っていて、大講堂の裏での美雪とのやりとりを盗み聞きしていたのかもしれない。

でも、相手にする必要はない。美雪はただ手紙を返しに行っただけなのだから、疚しいことはなにもない。

「私、急いでるから」

美雪は三人の間を擦り抜けようとしたが、すかさず愛梨が足を出した。それにつまずいた美雪は、重いカバンを持っていたために派手に倒れて右膝を強く打った。痛みのせいで、うずくまったまま立ち上がることができない。

「……なにすんのよ」

膝を押さえながら美雪が呻くように言うと、晴香が笑いながらそれに応えた。

「なんだよ。あたしたちのせいみたいに言うなよ。自分で勝手に転んだくせに」

「ほんと、臼庭はうすのろだからね」

「どんくさい女だよね、まったく。いつも体育の授業をサボってるからじゃないの」

愛梨と希実が嘲るように言葉を投げつけるのを、美雪はじっと耐えた。なにか言い返したら、その何倍もひどい仕打ちをされるのがわかっていた。

「なんか言いたそうだよな」

うずくまった美雪の顔を晴香がのぞき込んでくる。憎しみに目が血走っている。友達の恋敵だからというだけではなさそうだ。

美雪はすっと視線を逸らした。自分の心までその憎しみの感情に影響を受けそうで、そんな目を正視したくなかった。でも、晴香の憎しみは美雪を逃がしてくれない。

「おまえ、前から気に入らなかったんだよ。清純派っぽい顔して男に色目を使いやがって。もしも内藤君とつきあったりしたら許さないからな」

濡れ衣だったが、弁解しても無駄だ。

「……わかってる。そんなことしないよ」

美雪は地面を見つめたまま、つぶやくように言った。なるべく晴香たちを刺激しないようにという考えからだが、その処世術はたいした効果はなかった。晴香たちは上機嫌で美雪の周囲をぐるぐるまわりながら「うすらバカ」「うすのろ」「うすらバカ」「うすのろ」と歌うように繰り返しつづける。

その回転がぴたりと止まったと思うと、愛梨がさっきまでよりも一オクターブ高い声を出した。

「内藤君！」

講堂の裏から出てきた内藤が、怪訝そうにこちらを見ていた。晴香たちは慌てて美雪に駆け寄り、身体に手を添えて口々に心配そうに声をかける。

「臼庭さん、大丈夫？　こんなところで転ぶなんて、きっとカバンが重すぎたのね。さあ、手を貸してあげるから。立てるかな？」

三人がかりで美雪の腕をつかんで立ち上がらせると、スカートについた砂を払ってくれた。

すぐ近くから、よけいなことは言うなよ、と釘を刺すように晴香が目配せして、カバンを拾い上げてそれを美雪の胸に押しつける。

と思うと、すぐに三人は内藤のほうを向き直り、そちらに駆けていった。その動きにつられるように視線を向けると、内藤と目が合った。

そう言われて、美雪は足下の子猫に視線を落とした。もうそのときには、子猫は警戒心をすっかりなくし、親愛の情を込めた目で美雪を見上げていた。

「おともだち?」

美雪がつぶやくと、子猫はまるで「そうだよ」と返事をするように可愛らしく「ミー」と鳴いた。その反応がうれしくて、美雪はその場にしゃがみ込み、子猫の体を撫でた。

子猫は気持ちよさそうに目を閉じて、されるままにしていた。その毛並みはやわらかくて、いつまでも触っていたくなるぐらい心地良い。実際に美雪はその体を、引っ越し作業が終わるまで飽きることなく撫でつづけた。

友達になるなら名前が必要だ。そう思った美雪は子猫にミーチャと名づけた。茶色い毛並みで「ミーミー」鳴く猫だったからだ。もちろんそれは美雪がそう呼んでいるだけだ。

ミーチャは地域猫として、この近所の人たちから可愛がられていたが、他の人たちはそれぞれ違う名前で呼んでいる。「ぶーちゃん」「にゃんた」「ジローさん」といった名前で呼ばれているのを見たことがある。

ミーチャはそのどの呼びかけにも愛想よく返事をして、体をすり寄せていく。餌さえもらえれば、名前なんてなんでもいいと思っているらしい。

裏返った亀のように体をくねらせてなんとかうつぶせになると、さんざん撫でさせてやったんだからそろそろいいだろうといったふうに、ミーチャは「ミャア、ミャア」と可愛らしく鳴きながら、美雪の膕の辺りに頭を擦りつけ始めた。

「なに？　くすぐったいよ～」

学校ではあまり笑うことのない美雪だが、ミーチャの前だとつい笑顔になってしまう。どうやらミーチャは食事を寄越せと言っているようだ。

「そんなに鳴かないでもわかったよ。ちょっと待っててね。今、あなたのご飯を持ってきてあげるから」

コンクリートの段差を上り、アパートの玄関ドアを開けた。靴箱の上に袋入りのキャットフードが置いてある。それはミーチャにあげるために美雪の小遣いで買っておいたものだ。

同じく横に置いてある小皿にザーッとキャットフードを流し出すと、それを持って外へ出た。

ミーチャはそこに座っておとなしく待っていた。

本当なら自分の家で飼いたいのだが、アパートなのでペットは飼えない。それにずっと外で自由に大勢の人に愛されて生きてきたミーチャを、狭い部屋の中に閉じ込めてしまっていいのだろうかという思いもあった。

せめておいしいものをお腹いっぱい食べさせてあげたい。

「ほら、お食べ」

美雪がキャットフードが小さく山になった小皿を置くと、ミーチャはお礼を言うように「ミャア」と鳴いてから旺盛な食欲で食べ始めた。

その様子を見ていると、学校であったいやなことが全部忘れられた。

3

翌朝、学校に着いて靴箱の蓋を開けた美雪はため息をついた。上履きが消えていた。もちろん犯人が誰かということはわかる。きっとあのままでは終わらないだろうなという気がしていた。

捜したところで、きっと上履きは汚されるか切り刻まれるかしてゴミ箱にでも捨てられていることだろう。美雪は正面玄関に用意されている来客用のスリッパを履いて教室へ向かった。

教室に近づくにつれて、まるで空気が徐々に粘着質な液体に変わっていくかのように感じられる。それは誰かが憎悪の感情を撒き散らしているからだ。気が重かったが、このまま帰るわけにもいかない。

「おはよう」

誰に言うでもなく声をかけながら、美雪は教室に足を踏み入れた。その瞬間、クラス中の視線が美雪に向けられた。哀れむような、面白がるような視線。教室内にいた生徒たちがさーっと左右に分かれ、自分の席までの道が現れた。

その先にある机の上には、ジュースの空き缶に白い花を突き刺したものが置かれていた。葬式ごっこのつもりなのだ。どこかの空き地で咲いていた花をわざわざ摘んできたらしい。

クスクス笑いが聞こえた。窓側の一番後ろの席に晴香が座り、愛梨と希実がその横に立って、こちらに意味深な視線を向けながらにやにや笑っていた。

このくだらないイタズラの犯人は、やっぱり晴香たちのようだ。おそらく上履きを隠したのも彼女たちだろう。だけど、文句を言ったところで、しらばっくれるだけだ。

美雪は晴香たちを無視して自分の席まで行き、花を教卓の横にある黒板消しクリーナーなどが置かれている机の上に移動させた。

「あれ？　臼庭さん、足を引きずってるみたいだけど、怪我でもしたの？」

晴香が白々しく声をかけてくる。昨日の放課後、愛梨に足を掛けられて転んだときに打った膝が、まだ痛んでいた。

「どうせ、男を追いかけ回してて転んで怪我をしたんだろ」

愛梨が横から言うと、希実がチンパンジーのオモチャのように手を叩きながら、わざとらしく笑い声を張り上げる。

「あはははは。あり得る～」

以前から晴香たちの悪意は感じていたが、昨日の出来事が彼女たちにリミッターを外させてしまったらしい。

内藤が勝手に手紙を寄越して告白しようとしてきただけだ。それを美雪は断った。それ以上、どうしろというのか。自分と内藤は無関係だと昨日、はっきり言った。それでも信じない……いや、信じていても、内藤の気持ちが美雪に向けられたということが許せないなんて、そんなものはただの言いがかりだ。

なにを言っても無駄だ。小学生の頃から、美雪はそういう嫉妬の感情を向けられることが多かった。もう慣れていたし、あきらめていた。

美雪は自分の席に座り、教科書をカバンの中から机の中へ移動させようとした。だが、なにかがつかえていて入らない。やわらかな弾力が教科書に感じられた。クスクス笑いが大きくなった。いったん取り出した教科書はいやな匂いのする液体で濡れていた。机の中をのぞくと、生ゴミが詰め込まれていた。家庭で出た生ゴミを、家から持ってきたのだろう。ご苦労なことだ。

野球場で野次るときのように、晴香がいきなり大声で叫んだ。

「生ゴミなんか大事に机の中にしまってんじゃねえよ！　おまえ、臭えんだよ！」

それに愛梨と希実が加勢する。

「母子家庭だから貧乏で、生ゴミを食べてんじゃねえの？」

「マジ？　臼庭さんち、生ゴミ食べてんの？　信じらんな〜い。でも、母子家庭なら仕方ないか」

一気に身体が熱くなった。勢いよく振り返った美雪を見て、三人は少したじろぐように身体を引いた。そのことが悔しかったのか、晴香は眉間に皺を寄せて睨みつけてくる。

「文句があるならはっきり言えよ」

「ほんと、あなたたちってつまらない人間だよね」

美雪は冷たく返事をした。

「なんだと！」

晴香と愛梨と希実が一斉にこちらに向かってきた。挑発に乗っても得なことなどなにもないのに、母子家庭のことをからかわれて、そのままやりすごすことはできなかった。

女子も男子も他の生徒たちは全員、遠巻きに見ている。女子の目には晴香に荷担するような色が見られる。今までに何人もの男子に告白されて、そのすべてを冷たくふってきたことで反感を持たれていた。

だからといって男子も助けに入ってはくれない。自分に自信のある男子はすでに美雪に告白してあっさりフラれていたし、そうでない男子には美雪は近寄り難い存在だ。美雪の味方をしてくれる者は誰もいない。

「うすのろ女が調子にのってんじゃねえよ！」

晴香が美雪の机を蹴飛ばし、ガタンと大きな音が響いた。その拍子に机の中から飛び出した生ゴミが床の上に散らばった。

女子たちが悲鳴を上げ、男子たちがさすがに重い腰を上げようとしたそのとき、出入り口の扉が勢いよく開けられた。

「なにを騒いでるんだッ」

大崎の声が響いた。

「おっ、正義マン登場」

男子生徒のひとりがぼそっとつぶやく。大崎はそのつぶやきに反応することなく、教室の奥に視線を向けた。

「悲鳴が廊下にまで聞こえてたぞ！　おい、どけ！」

出席簿を持った大崎が、まわりを囲んでいた生徒たちを押しのけるようにして教室の中央まで来た。生徒たちの輪の中心にいる美雪と晴香たち、それに床に散らばった生ゴミを見て、大体のことは想像がついたようだ。

「晴香……。またおまえか。いい加減にしろよ」

大崎が鼻から息を吐き、うんざりしたといったふうに頭を振った。

「先生、そんなに熱くなんないでよ。あたしはなんにもしてないよ。そういうの、濡れ衣っていうんじゃないの？」

晴香が言い、自分の席に戻ってどすんと椅子に腰掛ける。愛梨と希実も、まだ少し収まりがつかない様子ながらも、晴香が引いたら引かないわけにはいかない。横目で美雪を睨みつけながら、それぞれ自分の席に向かった。

「まったく。どうしてみんなで仲良くできないんだよ」

大崎は教室の後ろの掃除用具入れからホウキとちりとりを持ってきて、飛び散った生ゴミを片付け始めた。

その様子を見て、美雪は我に返った。

「先生、大丈夫です。私がやりますから」

「うん。じゃあ、一緒に掃除しよう。みんなも机をちゃんと並べてくれ。全員で片付ければ、すぐに終わるから。なっ」

爽やかな笑顔を生徒たちに向けながら大崎が言うと、晴香たちを除く他の生徒たちがしぶしぶ手伝い始めた。

4

やっぱり今回も三田晴香か……。

大崎昭吾は生ゴミを片付けながら心の中でつぶやいた。

晴香は問題児で、職員室でもよく話題に出る存在だ。地元の不良グループに入っていて、この中学の卒業生である浜野裕次《はまのゆうじ》という男とつきあっている。

大崎が二年前にこの学校に赴任してきたとき、裕次は入れ替わりで卒業していたので、その問題児ぶりを直接見たわけではないが、やつの悪行の数々は今でも教師たちの間では語りぐさになっていた。

校舎の窓ガラスを割るのは日常で、ケンカや無免許運転、恐喝や窃盗など、様々な犯罪に手を染めていた札付きの悪で、なんとか送り込んだ高校も一週間もたずに暴力沙汰で退学になった。

今でもその性質はなにも変わっていない。変わらないどころか、さらにひどくなってきていた。最近では老人を狙った詐欺を働いて老後の蓄えを騙し取り、他人の人生設計を狂わせて手に入れたその金で後輩たちに奢り、不良グループ内での自分の地位を確固たるものにしているという噂だった。

晴香が我が物顔で振る舞えるのは、そういうバックがいるために教師たちの腰が引けてしまっているからだ。

だが、大崎は違う。正義マンというあだ名は伊達ではない。

大崎は学生時代はマスコミ志望だった。巨悪を暴くジャーナリストになりたいと思っていたのだ。夢を実現するために、出版社に勤めるテニスサークルのOBの伝手を頼って、大学生のときに一年間、週刊誌の編集部でアルバイトをしていた。

最初のうちは雑用程度だったが、持ち前の体力を買われて、すぐに取材や張り込みも任せてもらえるようになった。実際に大物政治家のスキャンダルや、未成年が起こした残虐事件の裏側などの取材を手伝ったが、結局、報道されるのはその中のほんの一部分だけ、もしくはまったく報道されない。

いろんなしがらみがあったし、出版社といえども営利事業だから当然なのだが、正義のためというよりは、やはり金儲けのほうが重要だった。そのことに嫌気がさしてマスコミ志望から教師志望へと方向転換したのだった。

教育は生徒を正しい道に導くのが務めだ。そこには間違いなく、絶対的な正義がある。だから教師という職業を選んでよかったと思っていた。

そして、三田晴香は「悪」だ。正しい道に導いてやらなければいけない。担任になって以降、厳しく指導して、やり甲斐を感じていたのに、六月になった頃から晴香は学校に来なくなった。

家に連絡してみると、無断外泊がつづいていると晴香の両親から逆に相談を受けた。晴香が入り浸っているのは悪名高き浜野裕次がひとり暮らしをしているマンションということだ。

他の教師は「放っておいたほうがいい。浜野には関わるな」と言うが、担任としても正義マンとしても、そのまま放置しておくわけにはいかなかった。

結局、大崎はひとりで裕次のマンションまで晴香を迎えに行った。そのマンションは繁華街の外れにあり、玄関の辺りを近くのネオンサインが原色に照らしているという、あまり中学生にはふさわしくない環境だった。

ただ、かなり豪華な建物だ。十八歳のフリーターが住めるようなマンションではない。その金の出所が気になったが、今は晴香を連れ戻すことが先決だ。

マンションはオートロックだ。インターフォンを押したところで、裕次がおとなしく応対するとは思えない。フェンスを乗り越えてマンション内に入り、部屋の前まで行ってドアをノックした。

「こんばんは。浜野さん、いますよね？　開けてください」

大声を出しながらドアを激しくノックすると、部屋の中から若い男が飛び出してきた。廊下の奥に散らかった部屋の様子が見え、人がさっと隠れる気配がした。

「なんだよ、てめえ。うっせえな。ぶっ殺されてえのかよ！」

髪を金髪に近い茶色に染めて眉をほとんど剃り落とした裕次が大声で怒鳴る。それに対して大崎は冷静に言った。

「三田晴香が来てるだろ？」

「あん？　おまえ誰だよ？」

「俺は晴香の担任だ。保護者の方から、彼女が家に帰ってこないと相談があった。中学生の女子が男の部屋に入り浸っている状況を看過することはできない。俺はどんなことをしても晴香を連れて帰るから」

「なんだとッ」

裕次が下から睨め上げるようにして顔を近づけてきた。裕次は不健康そうに痩せている。日頃から身体を鍛えている大崎なら、腕力では負けることはないだろう。だが、こういう男は腕力で敵わないとわかれば武器を手にするはずだ。

そうなったら逆にチャンスだ。裕次のような悪人は許せないが、教師である大崎は暴力は使えない。向こうが凶器を使ってくれれば、少々痛めつけても世間から非難されることはないだろう。

大崎が放つ不穏な気配を感じたのか、裕次はなにもしてこない。

しばらく睨み合いがつづいたが、裕次がふっと肩の力を抜いた。

つまらないな。せっかく正義の鉄槌を下してやろうと思っていたのに。どうやら平和的に解決するしかないようだ。落胆する大崎から目を逸らして裕次がぼそっと言った。

「……わかったよ」

そして、後ろを振り返って声をかけた。

「おい、晴香。家へ帰れ」

裕次の肩越しに部屋の奥を窺《うかが》うと、短い廊下の向こうに、晴香が不満そうな顔をのぞかせた。

「先生、マジうぜぇ」

「ウザくてもいいから一緒に帰ろう。ご両親が心配してるんだ。それでいいよな？」

裕次に訊ねると、「好きにしろよ」と短く答えた。

その日以来、晴香はまた学校に通うようになった。ただし、裕次からどう言われたのか、晴香は大崎を避けるようになった。大崎を恐れているようだ。別に恐れられてもかまわない。避けたいなら避ければいい。ただ、こんなふうに問題を起こされたら、正義マンの血が騒いでしまうのだ。

外泊はしなくなったものの、晴香は今でもまだ、たまに裕次のマンションに通っているらしい。中学生の行動としては、とうてい許せるものではない。表面上だけは大崎の話を理解したふりをしていた裕次とも、いつかきちんとケリをつけなければならないと思っていた。

チャイムの音が響いた。掃除だけで朝の会の時間が終わってしまった。

視線を感じて振り向くと、美雪と目が合った。長い黒髪に、雪のように白い肌。美雪という名前は、この少女にぴったりだ。その美雪が申し訳なさそうな顔をしている。自分が悪いわけではないのに。こういう優しさはいろいろと生きにくいことだろう。

「時間がないんで連絡事項はプリントをここに張っておくから、各自確認しておくように」

そう言って大崎は、黒板の横の掲示板に画鋲でプリントを張り付けた。

5

「正義マンのやつ、また臼庭を依怙贔屓しやがって。最初から晴香を悪者って決めつけてるんだからな。頭にくるよ。あいつ、ロリコンじゃねえの？」

里中愛梨がこの日何度目になるかわからないその話題をまた口にすると、三田晴香は今朝のことを思い出しながら吐き捨てるように言った。

「ロリコンだったら、あたしたちにも色目を使ってくるだろ。あれは母親狙いだよ」

その言葉に驚いたように北川希実が言う。

「母親って、オバサンじゃないの？」

「まあ、歳はいってるだろうけど、かなりの美人だって話だよ。しかも今は独身だから、大崎が狙ってたとしても、ありそうな話なんだよね」

「なんだよ、あいつ。正義マンのくせに、生徒の母親を狙ってんのかよ。最低だな。大体あいつ、私らのことを名前で呼んでくるのもうぜえんだよな。兄貴分のつもりなのかもしれねえけど、気色悪いんだよ。でも、晴香さあ、なんで朝の会のとき、あっさり引いたんだよ？」

愛梨が不満げに言った。

「大崎は苦手なんだよな。あいつ、なんか不気味っていうか……」

晴香は語尾を濁した。いつになく弱気な晴香の態度に、愛梨が意外そうな表情を浮かべる。

「あんな筋肉バカを怖がる必要はないじゃん。もしも手を出してきたらセクハラだって教育委員会へ訴えてやればいいんだよ」

「でもさあ、腕力とかじゃなくてさ、あいつのあの爽やかな笑顔の裏側に、すごくどす黒いものがあるような気がして怖いんだよなあ」

「あんな単細胞に裏なんかあるか？」

「あいつ、けっこうやばいんだよ。ハイテンション過ぎて、夜眠れないから眠剤を飲んでるって話だよ」

「晴香ちゃん、どうしてそんなことを知ってんのよ？」

希実が甲高い声で訊ねる。

「あいつが前にいた学校の卒業生が今、裕次とつるんでるんだけど、その人が言ってたんだって。授業中に居眠りしている生徒がいたから大崎がいつものように熱くなって叩き起こしたときに『俺なんか睡眠導入剤を飲まなきゃ眠れないんだ。おまえが羨ましいよ』って言ったたって」

「やっぱり、ちょっと病んでんのかね？」

「それに、あいつの言う『正義』って、なんかちょっと異常な気がするんだよ。結局、自分が気持ちよくなれるかどうかでさ、普通じゃないんだよ」

「サイコパスってやつかな？」

「なにそれ？」

晴香が訊ねると、希実が得意げに説明する。

「見た目は爽やかな好青年なんだけど、罪の意識とか道徳心とかが欠落してて、自分が正しいと思ったら笑いながら人を殺せたりするような人のことかな」

「へ〜、やっぱり希美は頭がいいな」

「そんなことないよ」

希美は慌てて否定した。

「でもまあ、まさにそのサイコパスってやつかもな。とにかくあいつにはあんまり関わらないほうがいいんだって」

それは晴香だけの印象ではない。裕次もそう言っていた。晴香が学校をバックレて裕次の部屋に転がり込んでいたとき、大崎が訪ねてきた。晴香を家に帰らせるようにと言われた裕次が、柄にもなく、あっさりとその申し出を受け入れたのだ。

教師や大人が大嫌いな裕次が、大崎の言うことを素直に聞いたことに、晴香は心底驚いた。後日、どうしてなのかと訊ねたら、「なんだかビビっちまった。あいつやべえかも」と裕次はバツが悪そうに顔をしかめながら言うのだった。

「あっ」

短く声をもらして、先頭を歩いていた愛梨がいきなり立ち止まった。すぐ後ろを歩いていた晴香がぶつかりそうになって、つんのめるようにして足を止めた。

「急に止まんなよ」

「悪《わ》りぃ。だけど、たぶん、この辺だよ」

愛梨は電柱に書かれた住居表示を指差す。確かにそこに書かれた町名は、事前にクラス名簿で調べていた住所と同じだ。

「ほんとだ。地図は？」

「ちょっと待ってね」

希実が図書館でコピーしてきた地図をカバンから取り出し、周囲の目印になる建物と見比べながら、その場でクルクルと身体の向きを変えた。

「この道がこれでしょ。だから、ここをまっすぐ行った辺りに臼庭の家があるんじゃないかな」

晴香たちは美雪の家を捜しに来ていたのだった。目的は貧乏な暮らしをからかうためだ。美雪の家庭は母一人子一人の母子家庭で、美雪と同じ小学校出身の生徒の話によるとかなり古いアパートに暮らしているということだ。そのボロさを笑ってやろうと思っていたのだった。

どんなに顔が可愛くても、みすぼらしい家に住んでいれば、そこを責めてダメージを与えられると考えていた。最近買ったばかりのデジカメで写真に撮って内藤に見せてやってもいい。きっと美雪に対するイメージが変わることだろう。そしたら愛梨にもチャンスは充分にある。

美雪のことは以前から気にくわなかった。自分はあなたたちとは違うんです、というふうに距離を置いているのだ。それなのに男どもはその整った顔に夢中になって、行列を作るようにして美雪に告白し、全員、あっさりとフラれていく。

それだけでもいけ好かないことなのに、親友である愛梨が目をつけていた内藤達也までその毒牙に掛け、他の男たちと同じようにあっさりふってみせた。

大講堂の裏を愛梨たちと一緒にのぞきながら、そのやりとりの一部始終を見た晴香は、落ち込んだ様子の愛梨の姿に胸を痛め、美雪に苦しみを与えてやらないと気が済まなくなったのだ。

左右を見渡しながら再び歩き始めると、それらしきアパートがあった。

「あれじゃね?」

足を止めて、そう愛梨に声をかけながら、晴香は口元に笑みが浮かんでくるのを抑えることができない。

確かにかなりのボロさだ。壁はひび割れ、階段の手すりや二階のフェンスは赤錆びだらけ。大きな地震が来れば一発で倒壊してしまいそうに見えた。いや、強い風が吹いただけでパタンと倒れてしまいそうだ。

このアパートのボロさは美雪のイメージを貶めるには充分な材料に思えた。

満足げな笑みを浮かべた晴香の唇の間から、不意に悲鳴が迸り出た。ルーズソックスに包まれたふくらはぎの辺りを、なにかがさーっと撫でたのだ。

驚いて飛び退いてそちらを見ると、大きな猫がこちらを見上げていた。頭から背中にかけてが茶色で、顎から胸や、腹の辺りは白い。野良猫だろうか？　どこか薄汚れた毛並みだったが、食べ物には不自由していないようででっぷりと太っている。

「『キャー』だって。晴香、猫にそんなに驚いちゃって、可愛い〜」

「晴香ちゃんの意外な一面、見ちゃったかも」

愛梨と希実が面白がってからかう。

「そんなの知るか。いきなり脚を撫でられたら、誰だって驚くだろ」

声を荒らげる晴香を、猫はまったく無防備に見上げたまま、ミャアと鳴いた。そしてまた晴香の脚に体を擦りつけてきた。かなり人に馴れているようだ。腹が減っているのかもしれない。体型的に相当食い意地が張ってそうだから、見知らぬ人間にもこうやって食べ物をねだるのだろう。

「なんだ、おまえ。腹が減ってるのか？」

晴香は猫を抱き上げた。猫は甘えるように晴香の胸に顔を擦りつける。けっこう可愛いかもしれないな。そう思ったとき、いきなり晴香はくしゃみをした。立てつづけに何度もくしゃみを繰り返す。鼻がむずむずしてたまらない。

それを見て、愛梨が腹を抱えて笑う。

「なんだよ、晴香。あんた、猫アレルギーだったのかよ。あははは……」

愛梨のためにこうして美雪の家を捜してやってたのに、さっきからことあるごとにバカにしたようにからかってくる。その態度が腹立たしい。

「笑うな！」

「なんだよ、晴香」

晴香の声に含まれた棘にチクッと刺されたように、愛梨の顔が笑っている形のまま固まった。希実が慌てて仲裁に入る。

「どうしたの、晴香ちゃん。そんな、怒るようなことじゃないでしょ」

確かにそうだ。怒るようなことではない。だけど、なぜだか腹が立って仕方ない。そして、くしゃみは全然止まらない。アレルギーの原因である猫を抱きかかえたまま、何度も何度もくしゃみを繰り返した。

その度に、怒りの感情がどんどん大きくなっていく。その怒りの感情は、当然のように小さな生き物――猫に向けられる。

「おまえのせいだからな。野良猫のくせに、気安くあたしにすり寄ってくんなよ。汚ねえな」

自分の身体から引きはがそうとすると、晴香の親指が喉元に食い込んで苦しかったのか、猫が暴れてその爪が晴香の腕を引っ掻いた。

「痛ッ……」

地面に叩きつけるように猫を投げ落とすと、晴香は制服の袖をたくし上げて自分の腕を確認した。ボールペンで書いたように、赤い線が三本はっきりと刻まれている。そこから血がみるみる滲み出てくる。血を見ると、痛みと怒りがさらに増してきた。

「こいつ！　あたしに怪我をさせやがった！」

足下で無防備に見上げている猫を、晴香は力いっぱい蹴り飛ばした。人間を信頼しきっていた猫はその蹴りをまともに食らって、道路のほうに数メートル吹っ飛んだ。

そのとき、猛スピードで通り過ぎようとしていた車に当たり、晴香に蹴り飛ばされたときの数倍のスピードで弾き返されてきた。

晴香の身体をかすめるようにして、茶色い毛の塊はブロック塀に激突し、そこからもまた弾き返されるようにして地面を転がり、晴香の足下で動きを止めた。

一瞬、なにが起こったのかわからなくて、晴香は呆然とその場に立ち尽くしていた。

車は少し行ったところでいったん停まったが、自分がはねたのは猫であることをサイドミラーで確認すると、面倒なことには巻き込まれたくないといったふうに、すぐに走り去ってしまった。

あとには晴香と愛梨と希実、それに茶色い毛の塊が残された。その茶色い毛の塊はみるみる赤く濡れていく。

「は……晴香……やばいよ……」

愛梨が震える声で言った。晴香は返事をしようとしたが、気道がほとんど塞がってしまっていて声が出ない。じっと見下ろしていると、茶色い毛の塊がもぞもぞと動き始めた。いや、地面の上でのたうち始めた。

「ま……まだ生きてる……」

希実が震える声で言った。

「で……でも……」

晴香は首を横に振った。人間なら救急車を呼ぶべきだろうが、相手は猫だ。どこに連絡すればいいのかわからない。それにもしも動物病院に連れて行ったとしたら、いくら金がかかることか。

動物は保険がきかないから治療費が高いと聞いたことがある。中学生の晴香に負担できるとは思えない。それに、晴香はただ軽く蹴っただけだ。猫ならうまく着地して、怪我もしない程度のことだ。はねたのは車だ。あの運転手が悪いのだ。

一瞬のうちに、晴香は頭の中で自分を正当化する思考を組み立てた。

「……知らない。あたしのせいじゃない」

その言葉に抗議するかのように、猫は顔をこちらに向けた。頭が割れて、茶色い毛が血でべっとりと濡れている。猫はさっきまでの人馴れた様子が消え、まるで野生を取り戻したかのように牙を剝き、唸り声を上げ、晴香を睨みつける。

「な……なんだよ。あたしのせいじゃないよ。おまえが悪いんじゃん。もとはと言えば、おまえがあたしの腕を引っ掻くから。人間様に怪我をさせたおまえが悪いんだ！」

瀕死の猫に向かって晴香は言葉を叩きつけた。

その言葉が理解できるのか、猫はさらに怒りの様子を強くし、牙を剝いてシャーッと威嚇した。が、それまでだった。命の炎が尽きたのか、肉体が痛みから解放されることを望んだのか、黒目が白く濁ったかと思うと、地面に頭を下ろし、腹をふくらませるようにして大きくひとつ息をしてから動きを止めた。

全身の毛から一気に艶が消えていき、まるでナイロン製の毛をつけられたぬいぐるみのような質感に変わった。

息をするのも忘れてその様子を見下ろしていた晴香の右側から愛梨が、左側から希実が同時にしがみついてきた。愛梨が訊ねる。

「死んだのかな？」

「……たぶん」

晴香が答え、三人はすぐ近くで顔を見合わせた。そして、ふと我に返ったように周囲を見回した。運良く、誰もいない。晴香たちは制服姿だ。もしもこの場を誰かに見られたら、学校に連絡されてしまう。そしたらいろいろ面倒だ。

「ねえ、晴香ちゃん、逃げようよ。私たちは関係ないんだからさ」

希実がすでにフライング気味にその場から離れながら言った。

「うん。そうだよね。あたしたちは関係ないんだ」

晴香はいきなりダッシュして、先行していた希実を抜き去った。

「ちょっと待ってよ！」

愛梨も慌ててあとを追ってくる。三人は足音を響かせながら、夕暮れの道を駆け抜けた。その後を追いかけてくる血まみれの猫の気配を、ずっと背中に感じつづけながら……。

6

十和子は準夜勤だったので、帰宅するのは深夜になる。そのため今夜の夕飯を作るのは美雪の役目だった。小学生の頃から母の手伝いをしていたので、もう料理はお手の物だ。

学校帰りにスーパーに寄り、夕飯の材料を買ってきた。ただ、学生カバンと食材が入ったレジ袋を両手に持って歩くのは、小柄な美雪にはなかなか大変なことだった。もう腕がちぎれそうだ。少し買いすぎたかもしれない。サラダ油が安くなっていたから買ってしまったが、まだ少し残っていたので今日はやめておけばよかった。そんな後悔をしながらアパートのすぐ近くまで来た美雪は、ふと足を止めた。

アパートの前の道路の端に、なにかが落ちている。茶色く……そして赤黒い。いやな感じに光っているのは濡れているからのようだ。だがそれは、ただの水で濡れているわけではないことはわかる。なにか見てはいけないもののように思えて、とっさに目を背けたが、心臓の鼓動が激しく打ちつづける。

それがなんなのか、頭の中に浮かんでくるイメージがあった。打ち消そうと思ってもダメだ。ぼんやりとしたイメージは、徐々に確固たる実体を持ち始める。

美雪はゆっくりと首を動かして、それがあるほうを見た。

「……ミーチャ?」

無意識につぶやきがこぼれた。そう口にしたことによって、懸念は現実になってしまった。アパートの前の道端で転がっているのはミーチャだ。それは間違いない。ただし、いつもそこに寝そべっているミーチャとは違う。

美雪は一歩一歩ゆっくりとミーチャに歩み寄った。動きがぎこちない。まるで出来損ないのロボットのようだ。どうせなら作動しないぐらいのポンコツならよかった。動きがぎこちなくても、美雪はすぐにミーチャのそばまで来てしまった。

「ミーチャ」

もう一度、そう言葉を発した。今度のそれは呼びかけだ。でも、返事はない。いつもなら可愛らしく「ミャア」と返事をしてくれるというのに……。

丸々と太った体はそのままだが、毛並みに艶はなく、血にまみれていて、死んでいるのはすぐにわかった。

美雪はその場にしゃがみ込んだ。重い学生カバンとレジ袋を地面に下ろし、ミーチャの顔をのぞき込む。ハッと息を呑んだ。ミーチャと目が合ったのだ。ミーチャは目を見開き、今にも敵に襲いかかろうとしているかのように牙を剝いていた。

だが、その目はなにも見ていない。ただ見開かれ、黒目が白く濁っている。よく見ると、ミーチャの頭がいびつな形をしている。頭蓋骨が陥没しているようだ。車にはねられたのだろうか。そうでなければこんなにはならない。

ミーチャは生まれてからずっと外で暮らしていた野良猫だ。当然、車には慣れている。不用意に道に飛び出すようなことをするとは思えなかった。でも、こうして実際に死んでいるのだから、交通事故に遭ったのは間違いない。

「いったいどうして?」

問いかけたが、もちろんミーチャは答えない。ただ濁った目で美雪を睨みつけているだけだ。その様子には死の瞬間の憎悪の思いが表れていた。単なる事故ではないように思えた。ミーチャは誰かに殺されたのだ。驚かされて道路に飛び出したのか、それとも道路に放り投げられたのか?

方法はわからないが、死の瞬間、ミーチャは誰かを強く憎んでいた。美雪にはミーチャの思いがはっきりとわかる。

そのとき、背後に人の気配を感じて美雪は勢いよく振り返った。見知らぬ中年の女性が、気味悪そうな、それでいて好奇心を抑え切れない目でミーチャを横目に見ながら通り過ぎていく。興味はあるが、関わり合いにはなりたくないといった自分勝手な感情が読み取れた。

とっさに美雪はミーチャを抱え上げた。血で制服が汚れるのもかまわずに、通行人の視線から守るようにミーチャを片手で抱きしめ、もう一方の手で学生カバンとレジ袋を持って立ち上がった。さっきまであんなに重かったカバンとレジ袋だが、そんなことはもう気にならない。

そのままコンクリートの段差を駆け上がり、カバンとレジ袋を下に置いてミーチャをきつく抱きしめたままドアを開け、アパートの中に駆け込んだ。

踵をこすり合わせるようにして靴を脱ぎ、部屋に上がった。居間兼十和子の寝室である六畳の和室。その中央に置かれている座卓の上に、そっとミーチャを下ろした。

すでに硬くなっていたミーチャは、道端で転がっていたままの体勢で、まだ美雪に向かって牙を剥き、睨みつけている。今にも飛びかかってきそうだ。

美雪はそっと手を伸ばし、ミーチャの背中を撫でてやった。その毛は硬く、ごわごわしている。いつもの触り心地とはまったく違う。

「ミーチャ、そんなに怒らないで。大丈夫、私が助けてあげる」

今まで美雪は虫しか生き返らせたことはなかった。なぜだか虫よりも大きな生き物を生き返らせてはいけないような気がしていたのだ。

だけど、子供の頃からずっと美雪の寂しさを癒やしてくれたミーチャを、死んだままにしておくなんてことは我慢できない。

美雪はミーチャの体を包み込むように両手をそっと置き、目を閉じた。優しく囁きかける。

「大丈夫。あなたはもう一度生きられる。さあ、戻ってきて。ミーチャ、大丈夫だから戻ってきて」

やはり、小さな虫のように簡単にはいかない。美雪の手のひらにはなんの変化も感じられなかった。それでも、あきらめたらもうミーチャとは遊べなくなってしまう。

いやだ！　そんなのいやだ！

美雪はミーチャの体を優しく撫でつづけた。

「ミーチャ、戻ってきて。お願い。戻ってきて」

それでもミーチャにはなんの変化も起きない。やはり猫のような大きな生き物には、自分の力は通じないのだろうか？　悲しみと無力感が込み上げてくる。でも、あきらめるのは絶対にいやだ。

「ミーチャ、お願いだから、生き返って」

美雪は必死に祈りつづける。なぜだか急に悪寒がした。まるで高熱に浮かされているかのように、ガチガチと歯が鳴る。次に全身に汗が噴き出てくる。額から顎にかけて一筋、汗が流れ落ち、それがぽたりと自分の手の甲に滴る。

その汗に、涙が混じる。無力感。ミーチャを生き返らせることができないのなら、なんのための力なんだろう。悲しくて、涙が止まらない。

「ミーチャ……ミーチャ……」

美雪はミーチャの体に両手を置いたまま泣きじゃくる。全身の震えが止まらない。意識が遠くなる。それでも美雪は祈りつづけた。

「戻ってきて！　ミーチャ、戻ってきて！」

不意に手のひらに感じる毛並みに変化が感じられた。硬くてガサガサだった手触りが、微かにしっとりとした生命感を取り戻していく。それと同時に、手のひらがほんのりと温かくなってきた。ミーチャがもうすぐ生き返る。

もう少し……。もう少しだ。

「大丈夫。心配しないで。さあ、戻ってきて。あなたはもう一度生きられる」

包み込むように置いた手のひらの下で、毛の塊がもぞもぞと動くのが感じられた。

美雪はパチッと音がしそうなほど勢いよく目を開けた。

さっきはまるで剝製のように硬くなっていたその体が、微かに上下に動いている。呼吸をしているのだ。と思うと、ミーチャが頭を上げて、自分がいる場所を確認するようにゆっくりと首を巡らせた。

「ミーチャ……。生き返ったのね？」

美雪が明るい声を発するが、ミーチャはいつものように可愛らしい声で「ミャア」とは返事をしてくれない。

ただ気怠そうに座卓の上に体を起こすと、自分の体についた血をペロペロと舐めて毛繕いを始めた。

「可哀想に……」

美雪が立ち上がり、キッチンでタオルを濡らしてきて、それで体を拭いてやろうと手を伸ばした。

ううう……。

ミーチャがこちらを見ずに低く唸った。

「ミーチャ……」

美雪の手はミーチャの体の手前で止まった。今までに聞いたことがないミーチャの唸り声……。それは憎しみと怒りに満ちていた。

「怒ってるのね。ごめんね。きっと怖い思いをしたのね」

ミーチャは美雪の言葉にはもう反応を示さずに、全身が固まった血で汚れた状態で、座卓の上に四本足で立ち上がった。

ボトッと音がするような重い動きで畳の上に飛び降りると、ミーチャはまだ腹を立てているのか、不愉快そうに唸りながら、ゆっくりした動きで玄関のほうへと向かって歩いて行く。

「ねえ、ミーチャ。待って」

美雪はミーチャのあとを追って、小走りで玄関に向かった。

玄関のたたきに座り、ミーチャはドアを無言で見上げている。早く開けろ、と背中が催促している。

血が固まり、体毛がごわついたミーチャ。美雪はその体を撫でてやることもできない。怖いのだ。いきなりミーチャが牙を剝いて襲いかかってくるような気がして、手を伸ばすことはできない。

ミーチャは背中を丸めて座り、じっとドアを見上げている。生き返ったばかりのミーチャを外に出すことには不安があったが、無言の圧力に屈して、美雪は結局ドアを開けてやった。

外はもう夜になっていて、ひんやりと冷えた空気が流れ込んできた。それは爽やかで、部屋の中に充満していた空気がどれほど濁ったものだったか美雪に気づかせた。

してはいけないことをしてしまったのだと、美雪は改めて感じた。

ミーチャはまたのっそりと立ち上がり、緩慢な動きで外へ出て行く。

ミーチャ……。あなた、本当に生き返ったんだよね?

声に出さずに問いかけた美雪の声が聞こえたかのように、ミーチャが振り返った。

ゾッとするような冷たい目をしている。美雪が怯むとにやりと笑った、ように見えた。でも、そんなものは錯覚に過ぎない。

ミーチャはすぐにまた道のほうを向いて、ゆっくりとした動きで歩き去って行き、闇に溶けるように消えてしまった。

なにかとんでもないことをしてしまったような気がしたが、美雪はどうすることもできなくて、しばらくその場で立ち尽くし、ミーチャが消えたほうをずっと見つめつづけていた。

7

教室に入ると、絡みつくようないやな視線を感じた。それはやはり晴香たちだ。ただ、昨日のように、にやにやとしたふざけた笑みは浮かべていない。少し強張った表情をしている。

またなにか嫌がらせを考えているのではないかと思い、慎重に椅子を引いた。座面にケチャップが塗りつけてあるといったことはない。では、机の中にまたなにか入れてあるのではないか。美雪はそれとなく机の中をのぞき込んだが、そこにもやはりなにもなかった。

大崎に叱られて少しは懲りたのだろうか。拍子抜けした気分で自分の席に座り、カバンの中から教科書を取り出して机の中に移動させる。

その間も、晴香たちはじっと美雪に視線を向けてくる。視線を横顔に感じながらも、美雪はまっすぐ正面を見つめ、背筋を伸ばして座りつづけた。

あんなやつらにかまったら負けだ。そんな思いからの行動だったが、美雪の頭の中はそれどころではなかった。昨日の出来事——ミーチャのことが頭から離れないのだ。

今朝、学校に行くために家を出たあと、ミーチャがいそうな場所を見て回ったが、姿はどこにもなかった。

三軒隣の家の日当たりのいい室外機の上が午前中のミーチャのお気に入りの場所だったが、そこにもミーチャの姿はなかった。

昨日は生き返ったばかりだったからミーチャの様子はいつもと違っていたが、時間が経ち、またもとのように人懐っこい猫に戻っていることを期待していたのだが……。

扉を開けて、朝の会のために大崎が入ってきた。みんなが面倒くさそうに立ち上がる。美雪も一緒に立ち上がり、礼をして着席する。

「おはよう！」

元気よく言ってから大崎は教卓に両手を置き、教室内を見回す。まっすぐな視線。それは暑苦しくて生徒たちのほとんどはすっと目を逸らしてしまうが、美雪は目を逸らさない。じっと見つめていると、大崎の視線が美雪のところで止まった。

今日は大丈夫だったか？　晴香たちになにもされなかったか？

アイコンタクトでそう訊ねられ、美雪は無言で小さくうなずいた。大崎が白い歯を見せて微笑んだ。以心伝心……。そんな言葉が頭に浮かび、なぜだかほんの少し心がほぐれた。

大崎は、昨日の夕方、通学途中の生徒が不審者に声をかけられる事案があったので気をつけるようにといったことを話すと、「じゃあ、今日も一日、頑張っていこう！」と大声を残して、竜巻のように教室から出て行った。

大崎の大声でいつものように始まった一日は、特に変わったことがないいつも通りの平凡な日常として過ぎていった。

結局、晴香たちは気味が悪いほどなにもしてこないまま、午前中の授業は終わった。

昼食は仲良しグループごとに机を寄せ合い、一緒に弁当を食べる。美雪には親しい友人はいないので、ひとりで自分の机に向かって弁当箱を開けた。色とりどりの料理が詰まった可愛らしいお弁当だ。

仕事が忙しいのに、十和子は夜勤の日以外は毎朝、朝食と弁当を作ってくれる。

「片親だからって、子育てに手を抜きたくないの」

十和子はそう言っていた。

美雪は言葉にはしなかったが、少しぐらい手を抜いてくれてもいいのにと思っていた。だが、それは責任感であると同時に、してあげたいという母性なのだと思って、その好意を素直に受けるようにしていた。

それに、十和子の味付けは絶妙だ。子供の頃から料理を手伝っていた美雪だったが、どうしても真似できない味だった。美雪が母に憧れる理由のひとつが、この料理の腕前だった。

ああ、おいしい。

クスクス笑いが聞こえて、美雪は卵焼きを頬張りながら目を閉じていたことに気がついた。目を開けると、正面に晴香たちが立っていた。三人とも、手には総菜パンを持っている。

「なに？」

美雪は弁当箱を手前に引き寄せながら訊ねた。晴香がにやにやと笑みを浮かべながら言う。

「そんなにうまいの？　一口くれよ」

焼きそばパンを左手に持って、晴香は美雪の弁当に右手を伸ばしてくる。止める間もなくウインナーをつまみ取られてしまった。

「おっ、タコさんウインナーか。可愛いねぇ」

晴香が自分の口の中にウインナーを放り込む。くちゃくちゃと下品な咀嚼音をさせてから、ゴクンと飲み込んだ。そして、教育番組の出演者のように、わざとらしく首を傾げて棒読みの口調で言う。

「う～ん。味が薄いなあ。臼庭の母親は看護婦だってことだから、健康に気をつけて薄味なのかな。だけど、あたしら中学生はもっと塩っぱいもののほうが好きだよね。な、臼庭もそうだよな」

なにが言いたいのかわからずに、美雪はじっと晴香を睨みつける。

「お母さんの料理にケチをつけないで」

「ケチなんてつけてないよ。もう少し味付けを塩っぱくしたほうがいいんじゃないかってアドバイスしてやってるだけだろ。な、愛梨」

「うん、そうだよね。だから、これは善意だよ」

そう言うと愛梨が横から手を伸ばし、小瓶に入った塩を美雪の弁当に振りかけ始めた。

「やめて！」

美雪がその塩の小瓶を払いのけようとすると、希実が美雪の腕をつかんで邪魔をする。

「せっかく愛梨ちゃんが味付けしてやってるんだから、邪魔しないで見てなよ」

その間に、なにが楽しいのか愛梨はへらへら笑いながら、塩を振りかけつづける。

美雪が希実の手を振り払おうともがきながら「やめて、やめて」と繰り返していると、さすがに見かねたクラス委員の山本拓也《やまもとたくや》が止めに入った。

「おい、いい加減にしろよ」

晴香が勢いよく振り返って、山本に向かって小馬鹿にしたように言う。

「へえ〜。山本、あんた、まだ臼庭のことが好きなんだ？　あんなひどいフラれ方をしたくせに」

山本は黙り込んでしまう。

野球部の主将で四番バッター。クラス委員にも圧倒的な得票率で選ばれて、ルックスもいい。自分に自信がある山本は、四月にクラス替えがあった直後、美雪に「つきあってほしい」と告白した。しかも、クラスのみんながいる休憩時間の教室の中で。

山本の頭の中には、告白を受け入れられ、カップルの誕生をみんなに祝福され、冷やかされる自分の姿があったのだろう。だが、現実はなかなか思い通りにはいかないものだ。

頬を上気させて鼻息を荒くしている山本に、美雪は冷めた口調で言った。

「ごめんなさい。私、そんな気にはなれないから」

まさか自分がフラれるとは思ってもいなかった山本の呆然とした様子に、クラスの全員が爆笑した。プライドの高い山本には、それは耐えられない屈辱だったはずだ。だからそれ以来、山本は美雪に一言も話しかけたことはなかった。

あのときの屈辱を思い出したのか、山本の顔がみるみる赤くなった。

山本が戦意喪失したことを確信すると、晴香は美雪に向き直った。

いったいなにがそんなに気にくわないのか、晴香は美雪に向かってヒステリックに叫ぶ。

「おまえ、生意気なんだよ！　お高くとまりやがって！　自分は特別な人間だと思って、あたしらを見下してるんだ。調子にのりやがって！」

晴香が机を横に引き倒し、美雪の弁当が昨日の生ゴミと同じように床の上に散らばった。

教室内に悲鳴が渦巻く。全員が一斉に立ち上がり、椅子や机の足が耳障りな音を響かせた。

「なにするのッ」

他の生徒たち同様、とっさに美雪は立ち上がった。その美雪の胸ぐらをつかんで晴香が押しつけてくる。よろけながら後ろに下がる美雪を、晴香は両手で思いっきり突き飛ばした。華奢な美雪は教室の後ろまで吹っ飛んでしまう。

美雪の身体が壁に当たり、飾ってあった昆虫標本が床に落ちて硬い音を響かせた。ガラス蓋が割れてその破片が飛び散り、美雪の頬にほんの少しチクッとする痛みが走った。手で触れると、血がついていた。

目の前には、十和子が早起きして作ってくれた弁当の残骸が散らばっている……。いつもの美雪なら、相手が激高すればするほど冷めていくはずだったが、今日は違う。昨日、ミーチャのことがあったばかりだ。あの瞬間からずっと胸の中には嵐のように感情が荒れ狂っていて、それは出口を求めて暴れつづけていた。

晴香が不用意につけたわずかな傷が、内側に吹き荒れる感情の嵐でどんどん大きくひどくなっていき、その亀裂をぶち破るようにして美雪の怒りが迸った。

「私がいったいなにをしたって言うのッ？　どうしてこんなひどいことをするの！」

美雪は身体を折り曲げるようにして大声で叫んだが、その声は数十台のバイクが走り回っているかのような騒音で掻き消されてしまった。その音の源は、標本箱だ。昆虫標本の木箱が教室内を飛び回っている。

目を凝らすと、それは箱が飛んでいるわけではなく、その標本箱にピンで留められた十数匹のセミが羽ばたき、その力で箱ごと飛び回っているのだ。

「……な、なんだよ、これ？」

晴香の戸惑いの声が、羽音の隙間を縫って微かに聞こえた。そして、その羽音を覆い隠すほどの悲鳴が轟く。女子生徒たちが教室の隅に逃げ固まり、身体を寄せ合って甲高い悲鳴を上げる。

男子たちも身体をのけぞらせて壁に背中をつけたり、机の下に潜り込んだりして、飛び回る標本箱を呆然と目で追っている。

ひーひーと奇妙な声を上げて苦しみ出す女子生徒もいた。彼女の過呼吸の発作は一気に他の女子生徒たちにも広がっていき、バタバタと数人が連鎖的に倒れた。

標本箱が壁や天井に何度もぶち当たる。その何度目かで標本箱がバラバラに壊れ、自由になったセミたちが今度はそれぞれ好き勝手に飛び回り始めた。

そのとき、勢いよく扉が開けられた。

「なんだッ？　今度はなにを騒いでるんだッ？」

大崎が飛び込んできて大声で訊ねたが、問いかけに答える者はいない。みんながパニックになって泣き叫んでいる。

教室内を飛び回る大量のセミを見て、大崎はとっさに窓を開けてまわった。外の爽やかな風が流れ込んできて、その風に誘われるようにしてセミたちは一斉に外に飛び出していった。

羽音が消えた。教室内にほんの少し秩序が戻ってきた。そこにあるのは女子の泣き声と過呼吸の苦しげな呼吸音、男子たちの興奮したつぶやき、ざわめき、余韻……。

「今のはなんだったんだ？」

大崎は比較的まともそうな状態の男子生徒を捕まえて問いただした。

「標本が……。後ろの壁に飾られてた標本のセミが急に飛び回り始めたんです」

「そんなことがあるわけが……」

大崎は昆虫標本が飾られていた教室の後ろに視線を向けたが、そこに呆然と立ち尽くしている美雪を見ると、ハッとしたように息を呑み、それ以上、なにも言わなかった。

8

教室の中にはまだざわめきの残滓があった。

五時限目の授業は大崎が担当する国語だったために、過呼吸の発作がひどかった女子生徒数人を保健室に連れて行ったあと、臨時のホームルームに変更した。

教壇に立って教室内を見回した大崎は、生徒たちの不安そうな表情に困惑した。普段は傍若無人で、大人を舐めた態度を取るくせに、今はほぼ全員が気弱そうな、まるで迷子になった小さな子供のような顔をしている。

そんな生徒たちの気持ちを落ち着かせようと、大崎は言った。

「あのセミたちはまだ死んでなかっただけだ。きっと冬眠みたいな感じで仮死状態だったんだろう。それがなにかの拍子で目を覚ました。それだけだ」

生徒たちは誰もそんな言葉は信じていない。言っている大崎自身も信じてはいなかった。

「隆史も、ちゃんと確認をしなかったんじゃないのか？」

昆虫標本を作った本人である安西隆史にそう声をかけると、彼は不満げに首を傾げた。

「でも、そんな……」

なにか言いたそうな顔をしているが、大崎の言葉を否定することで混乱がさらに大きくなることを危惧してか、唇を歪めて黙り込んだ。

それでも言いたいことはわかる。標本を作ったのは夏休みなのだから、二ヶ月ぐらいは経っている。その間、生きているセミがずっとじっとしているわけはないのだ。あのセミたちは間違いなく死んでいたはずだ。

だが、死んだ虫たちが急に飛び回り始めたなどという非現実的なことを認めるわけにはいかなかった。だから、死んでいなかったということにするしかない。そうでなければ、もっと馬鹿げた理由を採用することになってしまうのだから。

言葉が途切れて教室に沈黙が降りてきた一瞬の隙をつくように、晴香が右手を上げて声を発した。

「犯人は臼庭さんだと思います！」

その瞬間、教室の中の視線がすべて、一斉に美雪に向けられた。美雪はうつむきながら、両手を膝に置いて背筋を伸ばして椅子に座っている。

「な……なにを……」

喉が狭まり、大崎の口からかすれた声がもれた。晴香の発言が意外だったからではない。必死にそちら方向に考えが向かないようにとしていたのに、あっさりとそれを邪魔されたからだ。

教室内のざわめきは収まらないどころか、こそこそ話と混じり合ってますます大きくなっていく。

注目を浴びることで気分が高揚したのか、晴香は椅子を鳴らして立ち上がり、美雪を指差しながらつづけた。

「臼庭さんがすり替えたんです！」

「……すり替えたって？」

「標本のセミを生きているセミと取り替えておいたんです。それでみんなを驚かそうとしたんだと思います！」

大崎の肩にのしかかっていた重いものが、ふっと軽くなったように感じた。

生徒たちの話によると、晴香に突き飛ばされた美雪が壁に当たった衝撃で飾ってあった標本箱が床に落ち、標本のセミたちが急に飛び回り始めたということだ。つまり、晴香と揉めることを予想していた美雪が、前もって昆虫標本を生きたセミと交換しておいて、わざと標本箱を叩き落としたという主張だ。

それなら辻褄は合うが、どうしてそんなことをする必要があるのか？ それに、そんなにタイミングよく、セミが飛び始めるものだろうか？ それまでの間、ずっとおとなしくしているというのもあり得ないように思える。それに第一、もう十月だ。普通のセミはみんなとっくに死んでしまっているはずだ。

だが、そうであってほしいという思いが、大崎を無言にした。

張本人と名指しされた美雪だったが、まったくなんの反応も示さなかった。心ここにあらずといったふうに、ぼんやりと机の上を見つめているだけだ。

話が現実的な方向に向かってよかった。この辺で曖昧なまま終わらせたほうがよさそうだ。

「証拠もないのに他人を疑うのはよくないぞ。そんなのは正義に反する行為だ。セミはもともと死んでなかった。それでいいな。この話はもう終わりだ。じゃあ、残り時間が少ないけど、ちょっとだけ国語の授業をしておこう。そろそろ受験も近づいてきたからな。さあ、みんな教科書を出して」

強引に話をまとめると、大崎は授業を始めた。生徒たちは不満げな声を上げながらも、素直に教科書を取り出す。それはみんなも、こんな話はもう終わりにしたかったからだ。ただ晴香だけは、椅子の背もたれに身体をあずけてふんぞり返るようにして座り、不満げに腕を組んでいた。

9

学校からの帰り道、美雪はミーチャの姿を捜しながら歩き回った。まだ日が出ている時間だ。いつもなら日当たりのいい場所でのんびりと横たわっているというのに、ミーチャの姿はそういう場所にはなかった。

さんざん捜し回って、まさかこんなところにはいないだろうと思いながらのぞき込んだ民家と塀の間のわずかなスペースに、まるで身を隠すようにしてミーチャはうずくまっていた。

猫は体の具合が悪いと他者からの攻撃を受けていると感じて、狭くて暗い安全な場所に潜り込もうとする習性があるという話を聞いたことがあった。ミーチャもやはり具合が悪いのだろうか？

虫よりも大きな生き物を生き返らせたのはミーチャが初めてだ。つまり感情を持っている生き物は初めてなのだ。ミーチャが今、いったいどんな気分なのか気になった。

「ミーチャ、大丈夫？」

美雪が声をかけると、ミーチャはじろりと視線を向けてきた。その視線に込められた怒りの感情に、思わず息を呑んでしまった。やはり体調が悪いのだろう。自分がしたことがミーチャを苦しめているように思えて、罪の意識が込み上げてくる。

「ミーチャ、こっちへおいで」

用意していたササミのジャーキーを制服のポケットから取り出して、ミーチャのほうに差し出した。ササミはミーチャの大好物だ。いつもなら、十数メートル先からでも大急ぎで駆けつけてくるというのに、今日のミーチャは特に興味を示さない。

それどころか、ふらっと立ち上がると、美雪の存在が鬱陶しいといったふうに、狭い隙間を相変わらずのっそりとした動きで立ち去っていった。

「待って、ミーチャ」

もう美雪の声にも反応しないで行ってしまう。

まさか他人の家の敷地内に勝手に入ることもできないので、美雪は結局、そのままミーチャの後ろ姿を見送るしかなかった。

本当ならその丸々と太った体を撫で回し、学校での出来事でささくれ立った心を癒やしてもらいたかったのに……。

そう。今日の出来事は、本当に最悪だった。母が作ってくれた弁当を台無しにされて口論になり、晴香に突き飛ばされた。頭の中が真っ白になるぐらいの怒りに飲み込まれ、力のセーブができなくなった。気がつくと、教室内を木箱が飛び回っていた。

一瞬、なにが起こったのかわからなかったが、それが教室の後ろの壁に飾られていた昆虫標本の木箱だとすぐに気がついた。さーっと血の気が引いた。いやな予感が美雪を飲み込んだ。その予感通り、ただ箱が飛んでいるわけではなく、ピンで留められた状態の十数匹のセミが必死に羽ばたきつづけているのだった。

そして、標本箱が何度も壁や天井に当たり、砕け、解き放たれたセミたちが教室内をブンブンとうるさいほどの羽音を立てながら飛び回りつづけた。

一度死んで、腐らないようにしっかりと乾燥させられ、ピンで留められていた標本のセミたちなのだ。美雪の力だとしか思えない。それを教室の中で、みんながいる前で発揮してしまった。今までなんとか秘密にしてきたというのに……。

それはずっと恐れていたことだった。もう終わりだ。魔女だ、化け物だ、と嬲り殺しにされてしまう。

呆然としていると、大崎が教室に駆け込んできて窓を開けた。セミたちは再びの自由を求めて、外へ飛び出していった。

あとに残されたのは、ショックを受けてパニック状態の生徒たちだ。泣いている者、過呼吸を起こしている者、興奮してなにやら喚き散らしている者……。

だがそれも、大崎が必死に宥めたことによって、徐々に落ち着きを取り戻していった。

そして五時限目の授業は、急遽ホームルームに変更された。そのとき晴香が、さっきのことは美雪が仕掛けたイタズラだと主張した。晴香としては美雪を攻撃したかったのだろうが、おかげで話は現実的な方向に向かった。

それも無理はない。完全に死んでいた標本のセミが生き返ることなどあるわけがない。いや、そんなことがあってほしくないとみんな思っているのだ。

大崎が、セミはもともと死んでなかったと主張したが、誰も信じていなかったので、イタズラ説のほうがずっと信憑性はあった。みんなが信じたかどうかはわからないが、信じたいと思っているのは感じられた。

もっとも、どちらにしても同じことだ。美雪の不思議な力がバレることはなく、なんとか事は有耶無耶のまま済まされた。

美雪が細工したとしても、どういう細工をしたとか細かいことは誰も訊ねようとも推理しようともしない。もうそれ以上考えたくないということだ。

一応解決したが、美雪とクラスメイトたちの間には深い溝ができた。もっともそれ以前から美雪はクラスに馴染んでいなかったのだから、特になにも変化はない。でも……。心にできたささくれを、そのやわらかな毛並みをモフることで癒やさせてもらいたかった。

「ミーチャ」

もう一度、薄暗い民家の隙間に向けて声をかけた。返事はない。ミーチャはどこかへ行ってしまった。

10

布団の中で、美雪はため息をついた。いろんなことがありすぎて神経が過敏になっていたのか、少しも睡魔はやってこない。もう一時間以上も寝返りを繰り返していた。

いったん家に帰ってカバンを置いたあとも、またミーチャを捜してみたが、結局もう見つけることはできなかった。ミーチャのやわらかくて温かい体を触らせてもらえてたら、きっと今頃はぐっすり眠れていたはずなのに……。

アパートはキッチンの他には居間の六畳と四畳半の和室があるだけだ。その間にある襖はいつも開けっ放しで一部屋として使っていたが、美雪が中学生になったのを機に、夜寝るときは襖を閉めて、美雪は四畳半の部屋に、十和子は六畳の部屋に、それぞれ布団を敷いて眠るようになっていた。

十和子はもう眠ったようだ。襖一枚隔てただけの隣の部屋から、微かに寝息が聞こえてくる。他に聞こえる音といったら、和箪笥の上の置き時計の針が時を刻む音だけだ。

それほど静まりかえった夜だった。まるで世界が滅びてしまい、このアパートの一室──美雪と十和子だけが取り残されたかのような気がしてくるほどの静寂だ。

その心細さの中で目を閉じて必死に眠ろうとしていると、軽い羽毛のような眠りがふわりと美雪の上に舞い降りてきた。ようやく眠れそうだ。

半分ほど眠りの中に身体が沈み込んだとき、腹立たしげな唸り声で美雪の意識はまた四畳半の和室に敷かれた布団の上に呼び戻された。

おわあああ……。おわあああお……。

窓の外から、猫の鳴き声が聞こえてくる。発情期の声にも似ているが、もっとどうしようもなく不安な気分にさせられる鳴き声だ。もちろんそれはミーチャの声のはずだ。

帰り道の民家の隙間で見つけたミーチャの、怒りに燃えた目が思い出された。ミーチャが怒っている。自分に苦痛を与えた人間に対して腹を立てている。憎い……悔しい……憎い……悔しい……。唸り声が美雪の頭の中で、そう人間の言葉に変換される。

それに、ミーチャの怒りは、今のこの苦痛を感じる機会を与えた美雪に対しても向けられているような気がする。よけいなことをしやがって。俺の眠りを邪魔しやがって。

美雪は頭まで布団をかぶり、両手で耳を塞いで胎児のように身体を丸めた。それでもミーチャの声は、まるで耳の奥で鳴いているかのようにはっきりと聞こえる。

ごめんなさい。ミーチャ、許して。心の中で美雪はあやまりつづけた。でも、ミーチャは許さない。おわあああ、おわあああ、と不愉快そうに鳴きながら、アパートのまわりをうろつき回る。

「うるさいよ！」

そのとき、女性の怒鳴り声が聞こえた。次の瞬間、なにかが激しくぶつかる音。そして甲高い悲鳴が響いた。

美雪は布団の中で身体を硬くした。息を殺し、耳を澄ました。まるでさっきの音は夢の中の出来事だったかのように、なんの物音も聞こえない。その静寂の中に、女性のつぶやきが微かに漂う。

いったい誰の声だろう？　なにを言ってるんだろう？　気になって、このままでは眠れそうにない。美雪は音を立てないように気をつけて襖を開けた。十和子は疲れていたのか、ぐっすり眠っている。

そんな十和子を起こさないように気をつけて横を通り抜けて、玄関へ向かった。

おそるおそるドアを開けて外をのぞいてみると、アパートの前の道に女が立っていた。パジャマ姿の後ろ姿。ぴちゃぴちゃ……ぴちゃぴちゃ……。なにかを舐める音。

「痛い……痛い……」

肉付きのいい背中を丸めて、悲しげにつぶやいている。美雪はサンダルを履き、外に出る。

「どうかしましたか？」

美雪が訊ねると、女は勢いよく振り返った。

「びっくりするじゃないの」

そう言ってほっと息を吐いたのは、同じアパートの住人である丹波那津子《たんばなつこ》だ。

那津子は六十歳ぐらいで、美雪たちが引っ越してくる前からこのアパートにひとりで暮らしている。毎日早朝に出かけていき、昼ぐらいには帰ってくる。企業向けのお弁当を作る会社で働いているということだった。

気さくで世話好きなところがあり、美雪がまだ小さかった頃は、十和子が仕事で遅くなったときなど、晩ご飯のおかずを持ってきてくれたりしたこともあった。

「すみません。悲鳴が聞こえたもんだから……。どうかしましたか？」

もう一度訊ねると、那津子は右手の甲を美雪のほうに突き出した。肉が裂けていて、みるみる血が滲み出てくる。それがこぼれ落ちそうになると、自分の血がもったいないというふうに那津子はまた傷口をぴちゃぴちゃ舐めた。

そして、血で赤くなった唇を歪めて、忌々しげに言う。

「あのどら猫だよ。生意気に盛りがついて変な声で唸ってるから、目が覚めちゃったんだ。明日も朝早くから仕事なのに……。腹が立ってぶっ飛ばしてやろうと思ったら、いきなり飛びかかってきて、逆に手を引っ掻かれちゃったんだよ。ああ、痛い……痛い……」

「ミーチャが引っ掻いたなんて……」

「本当だよ。とっさに手で庇ったから助かったけど、もうちょっとで目をえぐられそうになったんだよ。あの猫、最悪だよ。見つけたら、今度こそぶん殴ってやるよ」

ミーチャがあんなに太っているのはただ食いしん坊だからだけではなく、去勢手術を受けたせいでもあると聞かされていた。その印として右耳が少しカットされていた。だから盛りがつくというのはあり得ない話だ。それに太っていて動きも緩慢なミーチャが、人に飛びかかるというのも信じられなかった。

でも、そんなことを言える雰囲気ではない。那津子も本来は温厚な性格なのに、今日はいつもとは別人のように険しい表情をしている。なにかが変だ。気のせいか、アパートの前の空気も淀んでいるような気がする。

「美雪ちゃんもあの猫には気をつけなよ。なんだか毛並みが悪くて、変な病気でも持ってそうな感じだったしね。ああ、痛い痛い。じゃあね。私は傷口を消毒してから、もう一眠りするよ。明日も朝が早いのに、ほんとにもう」

ぶつぶつと文句を言い、那津子はまた手の甲を舐めながら自分の部屋に入っていった。

薄暗い道端に美雪はひとり残された。街灯があったが、気のせいだろうか今夜はやたらと暗く感じられる。ふと気がつくと、今、美雪が立っているのは、ミーチャが死んでいた場所だった。

ボロ雑巾のように転がっていたミーチャの姿を思い出して、背中に冷たい水を流し込まれたようなゾクッとする感覚に襲われた。そんな美雪の耳に、遠くのほうから猫の唸り声が微かに届く。

美雪は耳を澄ました。……聞こえる。どこかでミーチャが怒っている。なにかにすごく不満があるような唸り声。その声からは憎しみの感情があふれ出ている。

「ミーチャ……」

美雪は声のするほうに向かって歩き始めた。

深夜の住宅街ということもあり、誰も歩いていないし、車も通らない。怖いぐらい静かだ。その中に響くミーチャの不吉な鳴き声にたぐり寄せられるようにして、美雪はふらふらと歩きつづけた。

こんな夜中にひとりで外に出るのは初めてだ。暗い物陰からなにか不気味な生き物が飛び出してきそうで心細さが募る。

そのとき、背後から足音が聞こえて、美雪は身体を硬くした。全身の産毛がさーっと逆立つ。足音がさらに美雪の背後に近づき、そして呼びかけの声。

「どうしたの？　美雪、こんな時間に出歩いたりして」

十和子の声だ。ほっとして身体の力が抜けるのと同時に、「なんでもないの。眠れなくて散歩をしてただけ」と言い訳しながら振り返った美雪は、また息を呑んだ。十和子は今までに見たこともないような、とても険しい顔をしていた。

「中学生の女の子がひとりでこんな時間に、こんな寂しいところを歩き回ったりしてちゃ危ないじゃないの」

十和子は美雪の心の中をのぞき込もうとするかのように、じっと目を見つめてくる。ミーチャにしたことに対する疚しさから、美雪はさっと目を逸らした。

「とりあえず、これを着なさい。そんな恰好じゃ風邪をひくわ」

カーデガンを手渡された。十月の深夜だ。パジャマ一枚だとかなり肌寒い。そのことに今初めて気がついた。自分で抱きしめるように腕をまわすと、身体は冷え切っていた。

十和子もパジャマの上にカーデガンを羽織り、素足にサンダルという姿だ。美雪が部屋にいないことに気がついて、慌ててアパートの部屋を飛び出してきたのだろう。

それにしても……。昔からそうだ。美雪がなにか困った状況になると、いつも十和子がどこからともなく現れて助けてくれた。それが母親というものなのだろうか。

「ありがとう、お母さん」

カーデガンを受け取り、それに袖を通していると、十和子は周囲を見回しながら言った。

「さっきの鳴き声、あれ、ミーチャじゃないの？」

「さあ、どうだろう？　もう帰ろ。眠くなってきちゃった」

十和子の目を見ることができない。美雪は顔を背けたまま言って、家のほうに向かって歩き始めた。

「待ちなさい」

美雪の腕を十和子がつかんだ。すごい力だ。腕に指が食い込む。

「痛いよ、お母さん」

美雪が手を振り払おうとしたが、十和子は放さない。

「私になにか隠しているんじゃないの？」

「隠してなんかないよ。さっきのがミーチャだとしたら、よその野良猫がミーチャの縄張りに入ってきたんじゃない？　ほら、オス猫って縄張り争いが大変だっていう話だから」

いつになくべらべらと言葉を発してしまう。疚しさがそうさせるのだ。これ以上しゃべったら、よけいに不審に思われてしまう。

「私、早く帰って寝なきゃ。明日、授業中に居眠りして先生に怒られちゃうよ」

「眠れるの？」

「え？」

「美雪はこのまま家に帰ったとして、眠れるの？　ミーチャがあんな声で鳴いてるのを放っておいて眠れるの？」

なにがあったのか、十和子はもう気づいているのではないか？　大きな瞳でじっと見つめてくる。

「ねえ美雪、本当のことを言って」

美雪はなにも答えることができない。

「私は……私はなにも知らない」

十和子は息を吐き、小さく頭を振った。

「わかった。それならミーチャに確認するわ」

美雪の腕を放し、十和子は声のするほうに向かって歩き始めた。

「待って、お母さん。待ってよ」

美雪は結局、十和子のあとについていくしかなかった。

十和子が近づいてくるのを感じているのか、威嚇するようにミーチャの唸り声がますます大きくなる。暗闇の中からいきなり襲いかかってきそうだ。

怖い……。ミーチャが怖い……。美雪はひとりにされることを恐れて、十和子のすぐ後ろまで駆け寄り、背中にしがみついた。

十和子はときどき立ち止まって耳を澄まし、細い路地へと足を踏み入れていく。その背中にしがみついたまま歩いていると、いきなり十和子が立ち止まった。

「どうしたの？」

「ミーチャ……」

十和子の口からつぶやき声がもれた。美雪はその背後から顔をのぞかせるようにして視線の先を見た。ブロック塀の上に月光を背に受けるようにしてミーチャが座り、こちらを見下ろしていた。

おわあああああぉ。

ミーチャが背中の毛を逆立てて、十和子に威嚇する。その全身から憎しみのオーラが立ち上っている。

「ああ、やっぱり……」

ミーチャの姿を見て、十和子はすべてを理解したようだ。

十和子は美雪の母親だ。美雪自身が覚えていないぐらい幼い頃のことも全部知っている。もちろん美雪の不思議な力のことも知っていたのだろう。十和子の前では、美雪には秘密など存在しないのだ。

「あなた、ミーチャになんてことをしたの」

十和子は押し殺した声で言った。このことを誰かに聞かれてはいけないという思いが、十和子の声を内緒話のトーンにしているようだ。美雪の声も同じく囁き声になってしまう。それは後ろめたい思いのせいでもあった。

「お母さん、ごめんなさい。私はただ……ミーチャのことが好きだから……。もっと一緒に遊びたかったし……」

美雪はただうなだれるしかなかった。

「弁解はあとでゆっくり聞かせてもらうわ。それより今は……。さあ、ミーチャ、こっちへおいで」

十和子は両手を差し出しながら、ブロック塀の上で唸っているミーチャのほうへ近づいていく。その行為はミーチャの怒りをさらに増幅する。

うわあああおおお。うわああああおおお。

全身の毛を逆立てて、ミーチャは低く唸りつづける。以前のおっとりしたミーチャとはまったく違う。引っ掻かれて手から血を流していた那津子の様子が思い出された。

「お母さん、危ないよ。ねえ、とりあえず帰ろ」

美雪が十和子の腰の辺りにしがみつくが、その手を十和子はやんわりと払いのけた。

「このまま放っておけるわけがないじゃないの。さあ、ミーチャ、こっちへおいで」

十和子がブロック塀のすぐ近くまで行き、ミーチャに向けて両手を差し出す。

ミーチャは頭を低くし、尻を突き上げるようにして、おわああああ、おわわああああ、と威嚇する。

今までミーチャが人間に対してそんな態度を取ったところは一度も見たことがない。

「大丈夫よ、ミーチャ。怖がらないで。さあ、こっちへいらっしゃい」

優しく囁きかけながら、十和子はミーチャのほうへさらに両手を伸ばす。ミーチャは十和子を睨みつけ、牙を剝く。それでも十和子はまったく怯まない。何気ない様子でミーチャの体を両手でつかみ、そのまま抱き上げた。

ミーチャは唸りながらも、なぜだかまるで金縛りにあったように硬直している。なにか自分よりも圧倒的に強い敵を前にして抵抗できないでいるかのようだ。

「心配はいらないわ。可哀想にね。苦しかったね。だけど、もう大丈夫よ。だからそんなに怒らないで」

十和子はミーチャを抱きしめ、優しく囁きかけながら、その体を撫でつづけた。次第にミーチャが落ち着いていくのがわかった。唸り声が徐々に消え、代わりにゴロゴロと喉を鳴らし始める。

「さあ、行くわよ」

ミーチャを抱きかかえたまま、十和子は歩き始める。

「どこに行くの？」

「小学校よ。確か、あそこにあったはずだわ」

「なにがあるの？」

美雪の問いかけには答えずに、十和子は暗い夜道を歩いて行く。ひとりで置いていかれるのが怖くて、美雪は小走りで十和子のあとを追った。

その小学校は美雪が通っていたところで、生徒数の減少により、美雪の学年が卒業した一年後に隣町の小学校と統合され、こちらは廃校になっていた。現在は取り壊しを待っている状態だ。

アパートにいれば校内放送が聞こえるほど近かったので、すぐに着いた。もちろん正門は閉められていた。十和子はそんなことは承知の上だといったふうに、塀に沿って歩いて行く。最初はコンクリートの塀だったが、途中からは金網に変わった。その金網には、誰かが開けた穴があった。

美雪は使ったことはなかったが、通学途中に子供たちがその穴から出入りしているのを何度も見ていた。おそらく十和子も穴の存在を知っていたのだろう、身体を屈めてそこから学校内へと入っていく。もちろん美雪もついていくしかない。

美雪が通っていた小学校なので、十和子も学校行事で何度も来ていた。どこになにがあるのかは知り尽くしているといったふうに、さっさと歩いていく。

校舎の裏のほうへと回り込むと、十和子は足を止めた。

そこには古ぼけた焼却炉があった。昔はここで学校内で出たゴミを燃やしていたのだが、数年前にダイオキシンが問題になり、美雪が在学中にはもう使われなくなっていた。

ひとつ小さく息を吐くと、十和子は焼却炉の扉に手をかけた。ずっと使われていなかったので、扉は固くなっているようだ。力を込めて引き開けると耳障りな金属音が長く響き、黒々とした狭い空間が現れた。

そのとたん、思い出したようにミーチャが唸り声を上げ始めた。

「ミーチャ、ごめんなさい。こうするしかないのよ」

抱きかかえていたミーチャの腋の下に手を入れるようにして、両手でつかみ上げる。

「お母さん！　ミーチャをどうするの？」

「この子はもう死んでるの。ちゃんと葬ってあげないと」

「……葬る？　燃やしちゃうってこと？　そんなの、ミーチャが可哀想だよ。ダメだよ、お母さん！　そんなことしないで！」

美雪は十和子の身体にしがみついた。その勢いに十和子がよろけ、サンダルが脱げた。

その瞬間、自分を縛りつけていた見えない鎖がほどけたとでもいうように、ミーチャが激しく暴れ始めた。体をよじり、十和子の腕に噛みつき、手足の爪を鋭く伸ばして引っ掻き、蹴り飛ばす。その勢いはすさまじく、美雪は怖くて身体が硬直するほどだった。

十和子はその暴れる茶色い体をしっかりとつかんだまま、じっとミーチャの目を見つめ、小さな子供に言い聞かせるように囁きつづける。

「怖がらなくていいのよ。あなたをその苦しみから解放してあげる。だからおとなしくして。さあ、ミーチャ。大丈夫よ。大丈夫だから」

徐々にミーチャはまたおとなしくなっていく。ううと唸りながらも、やがて抵抗はやめて、だらんと体を伸ばした。

「お母さん……血が出てる！」

十和子のカーデガンとパジャマの袖がボロボロになり、引っ掻かれたり嚙まれたりしたところからはみるみる血が滲み出てくる。

十和子はそんなことは少しも気にならないといった様子で、まだ低く唸りつづけているミーチャを焼却炉の中に、そっと置いた。おわあぁぁと腹立たしそうに鳴きながらも、ミーチャはそこにおとなしく座り、その行為に抗議するように憎しみの感情を込めた視線を十和子に向けている。

「お母さん、お願いだからやめて！」

あきらめきれない美雪が十和子を押しのけるようにして焼却炉の中をのぞき込むと、ミーチャが牙を剝いて「シャーッ」と威嚇した。涎を垂らし、白く濁った目でじっと睨みつけてくる。そして、美雪の喉笛を鋭い爪で切り裂いてやろうとタイミングを窺っている。

ミーチャの目には命の温かさはまったく感じられなかった。そこにあるのは憎しみだけ。自分にこんな苦しみを与えた存在に対する憎しみ。自分をはねた車に対する憎しみ。それを運転していた人間に対する憎しみ。そして、自分を安らかな眠りから無理やり揺り起こした美雪に対する憎しみ……。

でも、ミーチャは見えない力で押さえつけられている。必死にその力をはね除けようと体をくねらせているが、結局はピンで留められたように動けない。そのことがまたミーチャの怒りを増幅させるようだ。耳を塞ぎたくなる邪悪な唸り声が焼却炉の中からあふれ出てくる。

幼い頃からいつも美雪の孤独を癒やしてくれたミーチャの姿はそこにはない。あんなに美雪に懐いていたのに……。今そこにいるのは、ミーチャに似た別のなにかだ。

後ろから美雪の両肩に手を置いて無言で横にどかせると、十和子は焼却炉の扉を閉めた。蝶番がまた長く軋んだが、それはまるでミーチャの悲鳴のように聞こえた。

レバーをまわしてロックをかけると、辺りは深夜の小学校らしい静寂を取り戻した。十和子が祈るように目を閉じた。

「ミーチャ、こんなことになってごめんなさいね」

十和子がひとりごとのようにつぶやいた瞬間、ボン！　と音がして、焼却炉が微かに揺れた。大きな金属の箱の中から、ゴウゴウと炎が勢いよく燃え上がる音が聞こえる。

その音を聞き、炎を頭の中に思い浮かべるだけで、美雪の身体から血の気が引いていく。まるで瘧にかかったように、全身がガクガク震える。

そんな美雪の身体を十和子が抱きしめる。

「美雪、しっかりしなさい」

母の腕を振り払い、美雪はよろけながら距離を取った。

「……どうして?」

それは、なぜこんなことをするのかという問いかけではなく、特にライターを使ったようには見えなかったのに、なぜ火がついたのかという問いかけだった。まさかお母さんも……?

不思議な力を持っているのは自分だけだと思っていた。でも、違うようだ。しかも、十和子の力のほうがずっと強い。美雪には火を操ることはできない。

美雪の問いかけには答えず、十和子はごまかすようにミーチャについて話し始める。

「ミーチャは死んだの。それなのに動き回ってるなんて、許されることではないの。一度死んで生き返ってきたものは、どうしても恨みの念に支配されてしまうの。その死に方がつらく惨めで苦しいものであればなおさらよ。それは本人の意思ではどうすることもできない。それがどれほど苦しいことか、あなたにはわからないのね。それに、一度死んでるからもう一度死ぬことはできない。ミーチャの苦しみは永遠につづくことになる。だから、肉体を完全に滅ぼしてあげなきゃいけないの」

ドン！　ドン！　ドン！　と焼却炉の扉が内側から叩かれる。炎に焼かれながらミーチャが暴れているのだ。ここから出せ！　という叫びが聞こえそうだ。

「ミーチャが苦しんでる！」

美雪は我に返り、焼却炉の扉を開けようとした。その腕をつかみ、十和子が言う。

「情けをかけちゃダメ。あれはもうミーチャじゃない！」

「そ……そんな……。だけど、ミーチャは……ミーチャは……」

焼却炉の中で暴れていたミーチャの気配が、いつの間にか消えていた。本当なら、そんな苦しみを味わう必要もなかったのに……。二度も死の苦しみを味わわせてしまった。申し訳なくて、涙があふれてくる。

「ねえ、お願いよ、美雪。いい加減、わかってちょうだい」

十和子がそっと美雪を抱きしめた。その腕を、美雪はもう一度振り払った。

「ひどい！　なんてことをするの！　お母さんのバカ！　お母さんなんて大嫌い！」

「嫌いでけっこう。ひどくてもけっこうよ。だけど、もう二度とこんなことはしないで。わかったわね？　さあ、中学生がこんな時間に外をうろちょろしてたらダメよ。

もう帰りましょ」

十和子が美雪の腕をつかんだ。

「放して！　放してよ！」

「放さない。あなたは私の娘で、私はあなたの母親なんだもの。あなたを守る義務があるの」

十和子は有無を言わせず、泣きじゃくる美雪を家へと連れ帰った。

11

「臼庭さん、大丈夫？　ねえ、臼庭さん。ねえってば」

肩を軽く叩かれて、臼庭十和子は自分が呼ばれていたのだと気がついた。

「え？　なに？」

振り向くと、同僚看護師の堀田《ほった》さやかが心配そうな顔で立っていた。十和子よりも少し年上の堀田は、二年半前にこの病院で十和子が働き始めたときに指導係のような役割を果たしてくれたこともあり、今でもなにかと気に掛けてくれていた。

「さっきから、なんだかぼーっとしちゃって。それに、その手、いったいどうしたの？」

堀田の視線が十和子の腕に向けられる。両腕とも、肘から手の甲にかけて包帯が巻かれていた。昨夜、ミーチャに引っ掻かれたためだ。家に帰ったあとすぐに消毒したが、それはやはり普通の傷ではないらしく、今朝になったら化膿してしまっていた。今もズキズキ痛む。

「なんでもないの。野良猫と遊んでて引っ掻かれちゃっただけ」

「そう。たいしたことがないならいいけど。さっき連絡があって、もうすぐ急患が運ばれてくるそうよ。工事現場の足場が崩れて、たまたま通りがかった人が下敷きになったそうなの。かなり危険な状態らしいわ」

堀田がそう言った直後、サイレンの音が聞こえてきた。それまでやわらかだった堀田の表情が一気に引き締まる。

「さあ、戦争が始まるよ。しっかりね」

「はい」

搬入口まで堀田と一緒に駆けていくと、すぐにストレッチャーに載せられた少女が運び込まれてきた。その少女の血まみれの顔を見て、十和子の全身の血管が一気に収縮した。

美雪……。思わず口の中で名前を呼んでしまった。でも、よく見ると別人だ。年齢はおそらく中学生ぐらいだろう。制服を着ているので、通学途中に事故に遭ったらしい。その制服も大量の血で汚れている。全身に傷を負い、まだ幼さの残る顔を苦しげに歪めている。

痛いでしょうけど頑張って。今、助けてあげるからね。

心の中で声をかけながらストレッチャーを処置室に運び入れ、数人がかりで少女を処置台に移動させた。

酸素マスクを装着し、制服をハサミで切り裂いて脱がし、全身にコードやチューブを大急ぎで取り付ける。心拍数や血圧などの数値がモニター画面に表示される。その数値はどれも、最悪の状況を表していた。

医師が大声で指示を出し、看護師たちがそれに従う。その中に十和子もいた。救急病棟で働き始めてから、もう何件もこういう状況は経験していた。

なんとしても、少女の命をこの世につなぎ止めたい。全員が同じ思いで少女の治療に当たるが、すでにその肉体はダメージを受けすぎていた。医師たちの努力も空しく、急激に心拍数が落ちていき、血圧が下がっていく。モニター画面で波打っていた線が不意にまっすぐな一本の線になってしまう。

「心臓が止まったぞ。ＡＥＤだ」

医師が怒鳴るように指示を出し、看護師がＡＥＤを医師に手渡す。少女の胸に当てて電流を流す。看護師たちが離れて見守る中、少女の華奢な身体が勢いよくバウンドする。

ＡＥＤを看護師に渡し、すぐにまた医師が心臓マッサージを再開した。

「まだそっちに行くには早いぞ。さあ、頑張れ」

声をかけながら心臓マッサージをつづけるが、いつまで経ってもモニター画面にはなんの変化もない。

みんなが息を詰めて少女の様子を見つめる。医師の手が止まる。よろけるように一歩後ろに下がると、医師は頭を振り、大きくため息をついた。

「ご臨終だ」

そうつぶやくように言うと、遺体に向かって手を合わせてから腕時計を見て時間を読み上げた。それを素早く十和子がカルテに書き留めた。

医師はさっさと処置室を出て行く。救急病院には次々に患者が運ばれてくる。亡くなった者を悼んでいる暇はない。他の患者を診る必要があるのだ。当直の医師は昨夜から一睡もせずに急患の治療に当たっていたので、少しでも時間が空けば、次の急患のために身体を休めなくてはいけない。それに、すでにここには患者はいない。いるのは、いや、あるのは死体だけだ。

看護師たちが医師のあとを追うように処置室を出て行く。その最後尾にいた看護師長が出入り口のところで足を止め、十和子のほうを振り向いた。

「ご両親がこちらに向かっていて、もうすぐ着くそうなの。臼庭さん、対応をお願いしますね」

「はい。わかりました」

十和子が返事をすると、看護師長は小さくうなずいてから処置室を出て行った。遺族の対応は看護師の仕事の中でも最も気が重いものだ。それで精神をやられて辞めていく看護師も多い。だが、すでにベテランである十和子ならすべてを任せられると看護師長も安心しているようだ。

実際、今までに数え切れないぐらい、遺族への対応をしてきた。みんながやりたくなさそうにするために、十和子が率先して引き受けてきたのだ。

処置室に誰もいなくなると、さっきまでの喧噪が嘘のように静寂が訪れた。機械の冷却ファンの音が静かに響いているだけだ。呼吸の音もひとつしかしない。十和子のものだけだ。

十和子は処置台の横に立ち、少女の亡骸を見下ろした。

工事現場の足場の下敷きになったために身体は傷だらけだった。傷を修復したりするのは葬儀会社の仕事だが、顔についた血などを拭き取って遺体をきれいにする清拭は看護師の仕事だ。

両親がもうすぐ着くということだ。それまでに少しでも、少女の身体をきれいにしておいてあげたい。十和子は少女の身体に取り付けられていたコードやチューブをすべて取り外し、アルコールを浸した脱脂綿で身体を丁寧に拭き始めた。

若い頃から看護師をしていた十和子は、今までに大勢の死の瞬間に立ち会っていた。人は生まれてきて、死んでいく。それは抗うことができない運命だ。悲しみの感情はあるが、受け入れるしかないと思っていた。

だが、この少女が搬入口に運び込まれてきたときのことが脳裏に蘇ってきた。一瞬、美雪に見えて心が乱れてしまった。

顔をきれいに拭いてあげながら、改めてじっくり見ると、確かに美雪に少し似ている。血まみれになった制服につけられていた学年章によると中学三年生のようだ。つまり美雪と同い年だ。

まだまだこれから楽しいことがいっぱいあっただろうに。それを経験することなく命を終えてしまった……。それが運命だとしても、やはり哀れだ。

少女の顔色は蠟細工のように白く、まるで人形のようだ。魂はもう肉体を離れてしまっていた。その様子を見ていると、まるで美雪が遠くへ行ってしまうように感じられる。昨夜、ミーチャを燃やしたせいだ。

「ダメ……」

ほとんど無意識のうちに少女の手を握っていた。すでに冷たくなりかけていた手を両手で包み込むようにつかみ、少女の耳元に口を近づけて、そっと囁きかける。

「大丈夫よ。あなたはもう一度生きられる。さあ、戻ってきて。もう一度生きていいのよ」

何度も同じ言葉を囁きながら、きつく手を握りしめつづける。

不意に、十和子は手のひらに温かみを感じた。真っ白だった少女の顔にほんの少し赤みが差した。閉じたままの瞼がぴくりと動く。その瞼がゆっくりと開きかけたとき、十和子はハッと息を呑んで手を離した。

するとまた、身体の下側に開いた穴から血がさーっと勢いよく流れ出ていくかのように、少女の顔色がもとどおり白くなっていき、見慣れた死人の顔に変わった。もう瞼を開く気配は微塵もない。

私は今、なにをしようとしたの？　もうこんなことはしないって心に誓ったはずなのに……。しかも昨夜、ミーチャを生き返らせた美雪を叱りつけたくせに……。

十和子が動揺していると、処置室にふたりの男女が駆け込んできた。

「亜季！」

「ああ！　亜季ちゃん！」

十和子と同年代の中年の男女が悲痛な叫び声を上げながら、処置台の上の死体にすがりついた。

十和子はよろけるように後ろに下がり、その様子を呆然と見つめた。

胸が痛む。だけど、仕方がない。人間は……いや、生き物はいつかは死ぬ。それが早いか遅いかだけのことだ。一度死んだのに、無理やり生き返らせるなんてことはしてはいけないんだ。そんなことをしたら、より大きな悲劇を招くことになるだけだ。

でも……。いくら頭ではわかっていても……。

泣き叫んでいる両親の姿を見ながら、十和子は声をかけることもできずに、ただそこに立ち尽くしていた。

12

放課後、美雪はいつものように重いカバンを右手に持って、正門に向かって歩いて行く。背後に足音が迫ってきた。まっすぐこちらに向かって走ってくるのがわかった。その勢いに驚いて、美雪は振り返った。

まるで「だるまさんが転んだ」をしているかのように唐突に目の前で立ち止まったのは、学生服姿の男子生徒だった。その顔に見覚えはない。メガネをかけて真面目そうなタイプだ。まだ幼さが色濃く残るその顔は、おそらく一年生だろう。

その男子生徒は息を吸い込み、一気に吐き出すようにして言った。

「僕、臼庭さんのことが好きなんです。つきあってください！」

そして腰を九十度に折るように頭を下げ、右手を差し出した。

ここ数日、美雪のまわりではいろんなことがあった。心がささくれ立っていたところに、また以前と同じように男子からの告白だ。その平和な状況に拍子抜けしてしまう。

しかも、その男子のつま先は横を向き、いつでも逃げ出せそうな体勢だ。

ふと視線を遠くに向けると、校舎の陰から数人の男子がトーテムポールのように顔だけを出してこちらを見ていた。その顔はどれもにやにや笑っている。

みんなにけしかけられて駄目元で告白してみたのか、それとも罰ゲームのようなものなのか？　もしも真剣に告白されていたら、今の美雪は心が揺れていたかもしれない。

ミーチャのこともあって、心が弱っていた。誰かにすがりたいという思いがあった。恋愛の経験はなかったが、異性に惹かれるというのはそういう要素もあるのかもしれない。ただ目の前にいる男子は、恋愛の対象としてはあまりにも不誠実だ。

「お断りします」

それだけ言うと、美雪はくるりと背中を向けて歩き始めた。

無性に腹が立っていた。だがそれは自分に対してだ。不誠実な男子生徒に対する怒りが、美雪の中にある自分への怒りに引火してしまったのだ。

決して軽い気持ちではなかったが、美雪がした行為によって、ミーチャをあんな目にあわせてしまった。美雪が生き返らせたせいで、ミーチャは二度も死の苦しみを味わわなければいけなかったのだ。

それに、生き返ったミーチャは以前のように人懐っこい猫ではなかった。恨みを込めた声で唸り、自分以外の生き物すべてを敵視する凶暴な獣と化していた。

十和子が言っていたことは正しい。

これまで美雪が虫しか生き返らせなかったのは、もしも感情のある生き物を生き返らせたらなにかよくないことが起こると本能的に感じていたからだ。そのタブーを犯したせいで、ミーチャを苦しめてしまった。私はとんでもないことをしてしまった……。越えてはいけない一線を越えてしまった……。

覆い被さってくる罪の意識から逃れるように足早に歩きつづける美雪の目の前に、物陰から飛び出してきたなにかが立ちふさがった。ミーチャのことで頭がいっぱいになっていた美雪は、つんのめるようにして足を止めた。

そこには、晴香と愛梨と希実が立っていた。

「そんなに急いで帰ることないじゃん」

晴香がにやにや笑いながら言った。またこの連中だ。どうしてこんなにしつこいのか。うんざりする。

「私の勝手でしょ」

今度は足を引っかけられたりしないように、美雪は三人を迂回して正門のほうに向かおうとしたが、その前に愛梨が素早く回り込む。

「なんか冷たいよね。臼庭のそういうところが嫌われるんだよ」

無視して、その横を通り抜けようとすると、今度は希実が美雪の前に回り込む。

「まだ話してる途中でしょ。逃げないでよ」

かまわず希実の横を擦り抜けようとしたら、今度は晴香が立ちふさがる。

「そうだよ。お高くとまっちゃってさ。せっかくあたしたちが声をかけてやってるのに無視すんなよ」

「別に声をかけてほしくないし」

晴香と希実の間を突っ切ろうとしたら、晴香に腕をつかまれた。強く引っ張られて、よろけるようにして振り向く。

文句を言おうとしたが、その前に晴香が大きな声を出した。

「昨日のあれ、おまえがやったんだろッ」

「なんのこと?」

「セミだよ。標本箱のセミを生きてるのと替えといたんだろ。おまえがなにか細工したってことはわかってるんだよ」

むきになって言ってくる晴香の顔を見ながら、美雪は強張っていた肩の力が抜けていくのを感じた。晴香は美雪が昆虫の標本に細工をしたと思っているのだ。

いや、こうやってしつこく言ってくるのは、ひょっとしたら、実際はそうではないと気づいているからかもしれない。でも、それを信じたくなくて、こんなふうに現実的な理由を求めている可能性もある。

そう信じたいと思ってくれているなら、そっちのほうがありがたい。

「そうだよ。私が事前に細工しておいたの。それで満足？　私はもう帰るからそこをどいてよ」

美雪が顎を突き上げるようにして言うが、晴香たちはどけようとはしない。

「おまえ、ほんと、むかつくよな。今日こそはきっちり締めてやる。こっちへ来いよ」

晴香は美雪の腕をつかんで引っ張り寄せる。

「やめてよ」

「いいから来いよ。ここだと目立つからさ、あっちで話そうぜ」

「別にあなたたちと話すことなんかないから。放してよッ」

美雪は身体をよじって、晴香の手を振り払った。

「痛っ……」

晴香が顔をしかめ、腕を手で押さえて前屈みになった。

「大丈夫？　三田さんがつかむから」

そんなに強く振り払ったわけではない。当たり屋みたいに痛そうなふりをしているだけかと思ったが違った。

「別におまえに手を振り払われたから痛いわけじゃねえよ。この傷、見てみろよ」

晴香が制服の袖をたくし上げて、右腕を差し出した。そこには醜く化膿した、三本の引っ掻き傷があった。

「一昨日《おとつい》、おまえのボロアパートを見物しに行ったら汚ねえ野良猫がいて、そいつにやられたんだ。黴菌が入ったのか、全然治らねえんだよ。でもまあ、その分、ちゃんと仕返ししてやったけどな」

「……仕返し？　まさか」

すべてを理解する前に、美雪の身体が一気に熱くなった。美雪の顔色が変わったことがうれしいのか、晴香がにやりと笑う。心底憎らしい顔だ。でも、美雪はその顔から目が離せない。晴香はつづけた。

「あたしが道路に蹴り飛ばしたら、車にはねられてすごい勢いで吹っ飛んできたんだぜ。ウケるよな」

にやにや笑う晴香の瞳に、ボロ雑巾のように道端に横たわるミーチャの姿が映る。

身体中の血が、ぐわっと音を立てるほど激しく駆け巡った。

「なんてことを！」

美雪はそう叫ぶと同時に晴香につかみかかった。

両手で制服の襟をつかんで激しく揺さぶる。晴香は呆けたように美雪を見つめながら後ろに数歩下がったが、すぐに顔を醜く歪めて腕を振り払った。

「放せよ！」

よろけた美雪の背中に、「このクソが！」という叫び声とともに、なにかが強くぶつかった。

美雪は勢いよく前方に倒れ込み、砂埃を上げながら地面を転がった。倒れたまま振り返ると、愛梨が肩で息をしていた。跳び蹴りをされたのだとわかった。

全身を強く打った痛みのせいで、美雪はすぐに立ち上がることができない。今回は膝小僧を擦り剝く程度では済まなかった。両膝と両手、それに右肩がジンジン痛んだ。

「私たちに逆らうなんて生意気なんだよ。晴香ちゃん、やっちゃいなよ」

希実が腰の引けた様子ながらも、声を張り上げた。

「おう。希実に言われなくてもわかってるよ。おい、臼庭。ちょっと可愛いからって調子にのってんじゃねえぞ。そのきれいな顔をぐしゃぐしゃにしてやるよ！」

晴香が美雪の顔を蹴りつけた。目の前が真っ白になり、鼻の奥に鉄の棒を突っ込まれたような痛みが襲いかかる。美雪は今度は仰向けに地面に倒れ込んだ。顔を押さえて身体を丸めた。手のひらが濡れる感覚があった。

「おい、起きろよ」

晴香が美雪の腕をつかんで引っ張り起こし、愛梨たちに声をかけた。

「なんだよ、鼻血かよ。汚ねえな。制服が汚れたらいやだから、こいつに袋を被せちゃえよ。その前に、暴れられたら面倒だから、これで腕も縛っちゃえ」

晴香が胸元の赤い紐リボンをほどき始めた。希実が心配そうに訊ねる。

「リボン、いいの？」

「ああ、いいよ。裕次のタバコで焦げちゃったんだよ。新しいのを買ってもらうからさ」

「うん、わかった」

晴香の忠実なしもべである希実が、美雪の両手首を身体の後ろで縛り上げる。さらには、愛梨が、カバンから取り出したコンビニのレジ袋を美雪の頭から被せた。お菓子を入れてあったのか、ほんのりと甘い匂いがする。

「やめてよ！」

顔を蹴られた痛みに耐えて叫んでも、レジ袋のせいでくぐもった声がもれる程度だ。

「おい立て。さっさと歩けよ」

無理やり引っ張り起こされて左右から両腕を抱えるようにつかまれ、そのまま無理やり歩かされた。まるで捕虜か罪人のようだ。

放課後の校内なので、まだ他に生徒がいる。だけど、誰も助けてくれない。晴香は学校内で有名な問題児だ。地元の悪い仲間とつきあっているという噂もある。だから怖くて晴香の悪行を注意することができないということは理解できる。

でも、頭から袋を被せられて無理やり歩かされる美雪を見て、クスクス笑っている声も聞こえる。自分とは無関係の人間に降りかかる不幸は、相対的に自分の幸せを感じるためのスパイスなのかもしれない。

そんなくだらない者たちへの怒りが込み上げてくるが、ひ弱な美雪にはどうすることもできない。もともと呼吸器系が弱い美雪は、感情の昂ぶりのせいで苦しくて、息を吸うのがやっとの状態だ。それでも心の中の怒りの感情は、激しく燃えたぎっていた。

悔しい。ミーチャを殺した相手に手も足も出せないなんて……。怒りが充満して身体が破裂しそうになる。

こいつらをひどい目に遭わせてやりたいと思いながらも、レジ袋を被せられているせいで酸欠になっているのか、意識が遠くなっていく。自分の弱さが憎い。

美雪は引きずられるようにして無理やり歩かされ、かなり歩いたところで、いきなり背中を強く押されて前に倒れ込んだ。固い地面に叩きつけられるのを覚悟したが、そこはやわらかなスポンジのようなものの上だった。

ほんの少しほっとしたが、その次にいきなり背中に衝撃を受けた。三人のうちの誰かが跳び蹴りしてきたのだ。一瞬、息ができなくなった。

「おまえ、生意気なんだよ」

「調子にのりやがって。おい、希実もやれよ」

「うん。いつも私たちを見下しやがって！」

三人がかりで殴られ、蹴られ、美雪は頭にレジ袋を被せられたままのたうちつづけた。怒りの感情はますます激しく燃え上がるが、生々しい暴力の前ではどうすることもできなかった。

殴られ蹴られする音が、反響している。コンクリートの密室にいるらしい。黴臭い匂いと、埃っぽさが充満している。その中で、何分ぐらいそうしていたのだろうか、殴り疲れた晴香が荒い息を吐きながら言った。

「あたしらをバカにするからだ。全部おまえが悪いんだからな」

「もう二度と私の内藤君に色目を使うんじゃねえぞ」

愛梨はまだそんなことを言っている。

「これに懲りたら、もう私たちを見下したりしないことね」

希実も息を荒くしている。一緒になって殴ったり蹴ったりしていたということだ。ひとりでいるときはおとなしそうな女の子でしかないのに……。

三人はとりあえず美雪を肉体的に痛めつけることには満足したようだった。ただし、それで解放されるわけではなかった。

「おまえはここで一晩、しっかり反省しとけよ。行くぞ」

「ざま〜みろ、バカ」

「調子にのってる臼庭さんが悪いんだからね。じゃあね」

少女たちの捨て台詞につづいて、重い鉄の扉が閉まる音がした。そして、なにかもうひとつ、重いものがきっちりとはまるような硬い音……。

静かになった。もう、なんの音も聞こえない。

ただ美雪の呻き声だけが、おそらく密閉されていると感じられる空間に漂いつづけた。それも徐々に静かになっていく。レジ袋を被せられたままなので、呼吸が苦しくて窒息してしまいそうだ。それでもしばらくは痛みで動くことができなかった。

呼吸が整い、気持ちが落ち着いてから、美雪はうつぶせに倒れ込んだまま、身体の後ろで腕を擦り合わせるように動かした。縛られていた紐リボンが徐々に緩んでいく。もう少し……。もう少しだ。そして、ようやく腕を引き抜くことができた。外れた紐リボンが落ちて、パサッと乾いた音を立てた。

美雪は痛む身体をなんとか起こし、頭から被せられていたレジ袋を取った。新鮮な空気を吸い込もうとしたが、肺に入ってくるのは黴臭い空気だけだ。

天井付近にある明かり取りの小窓から、弱々しい光が差し込んできている。それは青みを帯び、もう夕暮れの様相を呈していた。

美雪が倒れ込んでいたのは、陸上部が走り高跳びのときに使うマットの上だった。それはもうボロボロで、あちこち破れ、黄色いスポンジが飛び出している。

他にも壊れたハードルや、車輪が片方取れた石灰のラインを引くための道具など、古びた運動用具や陸上競技用の道具が埃を被っている。どうやらここは旧体育倉庫のようだ。

旧体育倉庫はグラウンドの一番奥にあり、主に陸上競技用の道具などがしまわれていたが、新体育館建設に伴い、体育倉庫は体育館に併設された施設にすでに移転されていた。ここにある古い道具は、この建物の取り壊しと同時に処分されることになっていた。

全身が痛い。美雪はよろけながら扉のほうへ向かった。鉄製の頑丈そうな扉を開けようとしたが、びくともしない。反動をつけて横に引くと、ガン！　と鈍い音が外側から聞こえた。どうやら外から錠をかけられているようだ。内側からは開けることはできない。

「誰か、開けて！」

扉を叩いて叫んだが、反応はなかった。

もうクラブ活動の時間は終わっているはずだ。こんな時間にグラウンドの一番奥にあるここまで来る生徒はいない。通いの用務員がいたが、帰る前に校舎内の点検はしても、グラウンドの端、しかもすでに取り壊しを待つだけの旧体育倉庫まで、なにか異常はないかと確認に来るとは思えない。

「お母さん……助けて……」

背中に覆い被さってくる絶望の重さに耐えきれず、美雪はその場にしゃがみ込んでしまった。

13

病院での勤務を終えた十和子は、閉店間際の駅前のケーキ屋に駆け込んで、ギリギリなんとかショートケーキを買うことができた。

今日は日勤だったので五時には病院を出られるはずだったのに、準夜勤の看護師が急用で遅刻することになったために残業をさせられたのだった。

ケーキを買ったのは、昨夜、美雪に少しきつく言い過ぎたと反省していたので、そのお詫びのつもりだった。

でも、死んだミーチャを美雪が生き返らせたことを知ったときには、頭の中が真っ白になった。美雪は十和子に隠れて、まだつづけていたのだ。

美雪が幼稚園児だった頃、庭で遊んでいるときに、幼児特有の残酷さで、捕まえたてんとう虫を指で押しつぶして殺してしまったことがあった。そのときに十和子が叱ると、美雪は、なにがいけないの？　といった不思議そうな顔をして、両手でそのてんとう虫の死骸を包み込むように持ち、静かに目を閉じた。やわらかそうな唇を微かに動かして、なにかを小声でつぶやいている。

不吉な予感に襲われ、十和子は声をかけることもできずに、その様子をじっと見つめた。十数秒後、美雪はゆっくりと目を開けて、頬が上気した顔を十和子に向けた。

そして、包み込むようにしていた小さな手を開くと、さっきは確かに死んでいたてんとう虫が、おっかなびっくりという感じで羽を動かし始め、次の瞬間、ふわりと浮き上がると、そのまま飛んでいってしまった。

「やった！　元気でね！」

美雪がうれしそうに声を上げ、飛んでいくてんとう虫に手を振っている。

普通ならそれは微笑ましい光景だろう。虫を愛で、虫に話しかける幼い娘の遊びなのだから。

だが、それは普通のてんとう虫ではない。一度死んで生き返ってきたてんとう虫なのだ。羽ばたく羽から振りまかれる死の気配は、あんなに小さな虫でもはっきりと感じられた。

自分がした行為を褒めてもらえることを期待して、美雪は鼻の穴をふくらませて顎を上げていた。

その得意げな顔を見ながら、十和子は絶望的な気持ちになった。

まさか遺伝するとは……。十和子が苦労したのと同じように、我が子も普通なら背負うことのない重い十字架を背負わされることに申し訳ない思いになった。

もしもこんな力を持っていることを世間に知られたら、美雪は好奇の目で見られ、同時に気味悪がられて、ひとりよがりな正義に支配された人間たちによって抹殺されてしまうことだろう。

いや、世間に知られる前に、一番身近な人間……。もしも敦夫《あつお》――十和子の夫にして美雪の父である、あの男にこのことを知られたらいったいどうなってしまうか……。

敦夫は十和子の不思議な力のせいでさんざん苦労してきた。なにも知らずに結婚したことを後悔していたはずだ。それでも自分の妻だからなんとか守りたいと思ってくれていた。だけど、自分の娘までそっち側の生き物だと知ったら……。

「ダメ！　こんなことしちゃ、ダメ！」

美雪の両手をつかんで、十和子は言った。その剣幕に驚いて美雪は固まり、呆然と十和子の顔を見つめた。見開いた大きな目に涙がみるみる溜まってきて、それがぽろりとこぼれ落ちるのと同時に、声を上げて泣き始めた。

とっさに十和子は美雪を抱きしめた。頭を撫でながら、耳元で囁くように言う。

「驚かしちゃってごめんね。だけど、お母さんと約束して。もう二度と死んだものを生き返らせたりしないって。わかった？」

しゃくり上げるようにして泣きながら、美雪はうなずいた。

「うん、わかった。お母さん、ごめんなさい。わたし、もうしないよ」

そう約束してくれた。

でも、そのあと、あんなひどいことになってしまった。もちろん美雪は覚えていないはずだが、心の傷は深く残っていて、もう二度と死んだものを生き返らせようとはしないと思っていた。

それなのに、美雪は虫どころか猫――ミーチャを生き返らせてしまった。ミーチャはもう以前のような人懐っこい猫ではなくなっていた。十和子に対してまで牙を剝き、唸り声を上げ、隙があれば喉首を掻き切ってやろうと身構えていた。

そんなミーチャを見て、一度死んで生き返ってきたものは恨みの念に支配されてしまうということを改めて思い知らされた。一刻も早く終わりにしなければ、とんでもないことになってしまう。そんな思いから、十和子は焼却炉でミーチャを灰も残らないほど完全に燃やした。それが最良の方法だったからだ。

あのときは美雪に、自分がした行為がどんな結果を招くことになるかしっかりとその目で見させておくべきだと思ったのだが、もう少し彼女の気持ちを考えてあげるべきだった。その反省が、こうしてショートケーキに形を変えたのだった。

美雪はあの店のショートケーキが大好きだ。甘いものはあの子の傷ついた心を少しは癒やしてくれるはずだ。

そんなことをあれこれ考えながらアパートの玄関ドアを開けると、部屋の中は真っ暗だった。ひょっとして、具合が悪くてもう寝ているのだろうか？　美雪は小さな頃から身体が弱かったので、そういうことがよくある。

「美雪、もう寝ちゃったの？」

明かりをつけて部屋の奥に向かって声をかけた。返事はない。美雪の部屋をのぞいてみたが、やはりそこには誰もいない。部屋の隅に畳んだ布団が置かれているだけだ。美雪の姿がないだけではなく、学生カバンもいつもは壁にかけてある制服も見当たらない。ということは、美雪はまだ学校から帰ってきていないのだ。

十和子は残業して帰宅したので、もう十時過ぎになる。中学生の美雪がまだ帰宅していないということは、あり得ないことだ。

「ひょっとしてミーチャのことで……」

やはり小さな子供の頃から遊び相手になってくれていたミーチャをあんなふうに燃

やされてしまったことは、美雪にとっては受け入れ難いことだったのかもしれない。

十和子に対する怒りを抑えきれずに家出をした？　でも、本当にそうだろうか？

十和子は胸の奥でなにかがチリチリと騒ぐのを感じた。

目を閉じて、じっと耳を澄ました。美雪は十和子の娘だ。遠く離れていても、通じ合うものがある。……聞こえる。確かに聞こえる。それは美雪の泣き声だ。暗く冷たいコンクリートの箱の中で、美雪は心細くて泣いている。いや、違う。悔しくて泣いている。聞こえる。悔しい……憎い……悔しい……憎い……悔しい……憎い……。

いったい美雪になにがあったのか？　さらに意識を集中させて美雪の様子を窺おうとした。そのとき、プツンと唐突に美雪の声が消えてしまった。

「ダメ！　美雪、やめて！」

目を開けて叫んだが、部屋の中にはもちろん美雪はいない。見つけなきゃ。早く美雪を見つけないと、とんでもないことになっちゃう。十和子は落ち着きなく部屋の中を歩き回った。

頭の中に浮かんだ、さっきの場所はどこだ？　コンクリートの箱の中？　教室だろうか？　だが、もっと密閉されている感じだった。少なくとも美雪はその箱の中に閉じ込められている。自分の意思では出ることができないのだ。

美雪のまわりには、大勢の人間のもやもやとした未熟な思いが澱のように積み重なっているのを感じることができた。それは学校の中の施設だということだけは確かなようだ。近くまで行けば、なにかを感じるかもしれない。とりあえず学校へ行こう。家から飛び出そうとして、ふと思いとどまった。

昔の学校ならいざ知らず、今は警備会社と契約しているはずだ。勝手に敷地内に入ることはできない。廃校になった小学校とはわけが違うのだ。

だからといって、娘が中にいるような気がするという曖昧な理由を聞いてくれるだろうか？　第一、どこに連絡すればいいのか？

ふと思いついて、十和子は電話機のところに駆け寄って、その架台の下の引き出しからクリアファイルを取り出した。それはクラスの名簿だった。一学期の初めに配られたもので、そこには生徒だけではなく担任教師の携帯電話の番号も書かれていた。

このクラス名簿を美雪から手渡されたとき、携帯電話などというものが普及してきたために二十四時間拘束されることになる教師に同情したものだったが、今はそのことに感謝していた。

クラス担任である大崎のケータイに、十和子は電話をかけた。数回のコールですぐにつながった。

『はい』

知らない番号から夜遅くにかかってきたからか、低く不機嫌そうな声が聞こえた。

大崎とは美雪の三者面談で会ったことがある。二十九歳ということだったが、まだ若々しくて、大学生でも通用しそうな感じだった。そのときは少し頼りなさそうに感じたが、今は大崎に頼りたかった。

「夜分遅くにすみません。大崎先生のケータイでよろしいでしょうか？　わたくし、臼庭十和子と申します。臼庭美雪の母です」

そう名乗ったとたん、大崎が息を呑んで身を乗り出すのが気配でわかった。

『美雪さんになにかありましたか？』

まるでトラブルを予見していたかのように大崎が言う。そのことが少し気になったが、十和子は不審に思われないように、ごく普通の母親が娘を心配するように言った。

「美雪がまだ帰ってきてないいんです。こんなことは今までに一度もなかったんですけど……」

『警察には？』

「連絡していません。まだそんなに大ごとにしていいかどうかわからないんで」

『そうですか……。美雪さんが今どこにいるか心当たりはありませんか？』

そう訊ねられた十和子は、今思いついたかのように言った。

「ひょっとしたら、まだ学校にいるかもしれません」

『そんなはずは……』

「わからないです。でも、母親の勘です。私は今から学校に行ってみます」

『もう門は閉まってますよ。それに今は宿直は廃止されて、警備会社がオンラインで警備しているので行っても入れません』

「でも……。このままじっと待っているのもいやなんで……。やっぱり一応行ってみます。では、これで失礼します」

電話を切るふりをすると、大崎は慌てて言った。

『わかりました。僕も行きます。警備会社には僕のほうから門の施錠を解除してもらえるように連絡しておきます』

十和子は礼を言って電話を切り、家を飛び出した。

14

閉じ込められたときにはまだ高窓から微かに差し込んできていた日の光も今はもう

なく、旧体育倉庫の中は真っ暗になっていた。

明かりをつけようと壁のスイッチを操作したが、取り壊されるのを待つだけの建物だからか、すでに電気はきていないらしい。

仕方なく美雪は真っ暗な旧体育倉庫内で、走り高跳び用のマットの上に横たわっていた。殴られ蹴られした全身が痛かった。その痛みのせいで熱が出てきたようだ。悪寒がして、震えが止まらない。

もうこのまま誰にも発見されずに死んでしまうような気がした。まさかそんなことはない。明日になれば誰かが見つけてくれる。今も十和子がきっと心配して捜し回ってくれているはずだ。

そう思いながらも、暗闇の中、美雪は心細さに涙を流した。だが、美雪を支配しているのは心細さだけではない。同時に怒りの感情が胸の中で煮えたぎっている。

「悔しい……。憎い……。ミーチャを殺したあいつらが憎い……。私をこんな目に遭わせたあいつらが憎い……」

これほど怒りを覚えたのは生まれて初めてだ。言葉に出すとその憎悪の思いはますます強くなり、美雪はマットに突っ伏すようにして悔し涙を流しつづけた。

「悔しい……。憎い……。悔しい……。憎い……」

泣きじゃくる勢いが、自分でセーブしきれないほどに激しくなっていく。泣きすぎて息ができない。美雪の喉からヒューヒューとか細い音がもれ始める。美雪は必死に息を吸おうとしたが、空気は少しも入ってこない。苦しさばかりが大きくなり、意識が薄れていく。

ああ、やっぱり私は、もうこのまま死んでしまうんだ。

そう心の中で思ったとき、まるで絞首刑台の床がパタンと開いたように身体が落ちていく感覚があった。とっさになにかにつかまろうと手を伸ばしたが、なにもつかむことはできない。どこまでもどこまでも、暗い闇の中へ落ちていく。

このまま硬い地面に叩きつけられてグシャッとつぶれてしまう。そんな恐怖を覚え始めたとき、今度はふわっと身体が浮き上がる感覚があった。と同時に、呼吸の苦しさが一気に消えた。

ハッとして目を開けると、自分の身体が見えた。マットの上にうつぶせに倒れ込んでいる。美雪は旧体育倉庫の天井近くにふわふわと浮かびながら、自分の姿を見下ろしているのだった。

「これ、なんなの？　私、死んだの？　それとも夢を見てるの？」

戸惑いのつぶやきをもらしながらも、肉体から解き放たれた美雪は、驚きや恐怖よりも愉快な気持ちが湧き上がってくるのを感じた。

暗い旧体育倉庫の中を縦横に飛び回りながら、あふれかえる万能感に、気がつくと笑い声を上げてしまっていた。

「なにこれ、最高！」

そして美雪はコンクリートの分厚い壁を擦り抜けるようにして夜の中へと飛び出していった。

15

「テレビばっかり観てないで、ちょっとは勉強したらどうなの？ 受験まであと半年もないんだよ。公立に落ちたって、私立に行かせるお金なんかうちにはないんだからね」

また母親の小言が始まった。せっかく大好きなアイドルが出ているドラマを観ているのに……。同じことばかり繰り返ししゃべりつづける母親を無視して、里中愛梨はテレビに集中しようとした。

「ねえ、あなたもなにか言ってやってよ」

「うん……」

愛梨がなにも反応しないものだから母親は、ビールを飲みながら新聞を読んでいる父親に文句を言い始めた。

「大体あんたがこの子を甘やかすから、こんなしょうもない子に育ったんじゃないの。会社の若い女にうつつを抜かしてないで、たまには自分の娘にピシッと言ってやったらどうなの！」

五年も前の浮気騒ぎをまた持ち出されて、父親はうるさい小言から逃れるように空のグラスを手に持ってキッチンへ避難してしまった。

「もう、なによ。ビールだって、けっこうお金がかかってるのよ！　その分、稼いでくるならいいけど、たいした稼ぎもないくせに。それなのに他の女には使う金があるんだね。ほんとにもう」

父親にも無視された母親は、ますますヒステリックになっていく。そして、その怒りの矛先は結局、愛梨に向けられる。

「もう、いい加減にしなさいよ。お母さんの言うことが聞けないの！」

リモコンを手に持ち、勝手にテレビを消してしまう。

「ちょっとぉ。あと、もう少しなんだから。これが終わったら宿題をやるから」

母親の手からリモコンを奪い取ろうとした。

「やめなさい！」

母親はリモコンを持った手を身体の後ろにまわして抵抗し、息を荒くしながら言ってはいけないことを口にした。

「どうしてこんなに聞き分けのない子に育ったのかね。晴香ちゃんと遊んでるのがよくないんじゃないの。あの子はほんとにろくなもんじゃないからね。もういい加減に縁を切っちゃいなさいよ」

カッと身体が熱くなった。愛梨と晴香は幼稚園からずっと一緒だ。一番の親友なのだ。晴香は愛梨のためならどんなことでもしてくれる。

内藤のことが好きだと告白すると、内藤が出演しているライブハウスに一緒に行ってくれたし、「絶対に告白したほうがいいよ」と応援してくれた。内藤は美雪のことが好きだと知ると、一緒になって美雪に腹を立ててくれた。そして今日だって、生意気な美雪に制裁を加えてくれたのだ。

そんな晴香のことを悪く言う母親が許せない。

「うるさいな。晴香は関係ないよッ」

部屋から飛び出すと襖を力いっぱい閉めて、足を踏み鳴らすようにして階段を駆け上がった。自分の部屋に飛び込み、また同じように家中が振動しそうなぐらい思いっきりドアを閉めて内鍵をかける。

その鍵は半年前に、受験勉強に集中できるようにするためだと言って自分で取り付けたものだ。

バーを横にずらして、外からドアが開けられないようにするだけのものだったが、いきなり母親が入ってくることができなくなり、自分だけの空間を手に入れたことで心に余裕ができていた。

これで心置きなく泣くことができる。

ベッドにうつぶせに倒れ込み、愛梨は悔しくて泣いた。なんにもわかってくれない親のことがいやでいやでたまらない。

そうやって嗚咽しながら泣きつづけていると、だんだん気持ちが落ち着いてきた。

そのとき、背後に人の気配がした。母親だ。言い過ぎたことを反省してあやまりにきたのか、生意気な口をきく娘にさらに文句を言いにきたのか、今日はどっちだろう？　どっちにしても、ノックもしなかった。そのことにまた腹が立つ。

「勝手に入ってくんなって言ってるだろ。あっちへ行けよ」

泣き顔を見られるのがいやで、ベッドに突っ伏したまま後ろを見ないで言った。

「ふふ……」

微かな笑い声が聞こえた。バカにしたような、見下したような笑い声。落ち着きかけていた感情が、また一気に昂ぶった。

「なに笑ってんだよ！」

勢いよく振り返って、母親を怒鳴りつけた……つもりだった。だが、そこにいるのはダサいパーマ頭の母親ではなく、長い黒髪の制服姿の少女――臼庭美雪だった。

「臼庭……おまえ、あそこから出られたのかよ」

外から南京錠をかけておいたので、内側から開けることはできない。グラウンドの隅にある旧体育倉庫に、夕方以降に誰かが様子を見に来るということはたぶんあり得ない。明日の朝まで発見されることはないはずだ。内藤に色目を使ったことを、一晩反省すればいい。そう思っていた。

もちろん事件になる前に解放してやるつもりだった。一晩ぐらいなら、家に帰らなくてもなんとでもごまかせるだろう。明日の朝、晴香たちと一緒に扉を開けて、泣き腫らした顔を見て笑ってやる予定だったのだ。

それなのに今、美雪は余裕の表情でここに立っている。しかも、三人がかりでさんざん殴ったり蹴ったりしてやったのに、美雪の顔には傷ひとつなく、まるでゆで卵のようにつるんとしたきれいな肌だ。

いつも以上に美しい。その美しさを前にして、愛梨は居心地が悪く感じてしまう。自分との差に、完全に気圧されてしまうのだ。

「あんなところに私を閉じ込めるなんてひどいじゃない」

美雪の声が微かに震えている。それは怒りや恐怖のせいというより、まるで電波状況の悪いラジオでも聞いているかのようだ。その奇妙な感覚に違和感を覚えた愛梨は、肝心なことに気がついた。

旧体育倉庫から出られたかどうかなど、たいした問題ではない。美雪がここにいることが問題なのだ。ノックの音がしなかっただけではない。さっき、確かに内側から鍵をかけたはずだ。

ふと視線を横にずらして確認すると、今もドアは内側から鍵をかけたままだ。バーを横にずらすタイプの単純な構造の鍵なので、逆に内側からしか開けることはできない。

「お……おまえ、どうやってこの部屋に入ったんだ？」

突然、恐怖が込み上げてきて、愛梨はベッドの上に座り込んだまま後ろに下がった。

「どこだって入っていけるよ。私はあなたの頭の中にだって入っていけるんだから」

美雪がそう言った瞬間、耳の穴がガサガサと鳴って、なにかが入ってくるのを感じた。とっさに手で耳の穴を押さえたがもう遅い。小さな虫のようなものが、耳の奥から鼓膜を破ってもっと奥まで入り込み、頭の中を駆け回り始める。

その痛みとむず痒さに愛梨は頭を抱えて身体をのたうたせ、ベッドの上から転げ落ちた。

「やめろ！　おい、やめろよ！」

頭を抱えて床の上を転げ回りながら、愛梨は必死に叫んだ。

「なにを騒いでんのよ！　うるさいんだよ！　いい加減にしな！」

一階から母親の怒鳴り声が聞こえた。そのいやになるほど日常的な叫び声が、愛梨を異常な状況から救い出してくれた。

気づくと、頭の中の異物感が消えていた。破れたはずの鼓膜の痛みもなくなっている。幻覚だったのだろうか？　その状態から目覚めさせてくれたのだとしたら、口うるさい母親にも感謝しなければならない。

そんなことを思いながら、おそるおそる愛梨は顔を上げた。

もう美雪がいなくなっていることを期待したが、そこにはまだ美雪が愛梨を見下ろしていた。その顔はゾッとするほどいやな笑みを浮かべている。

よく見ると、美雪の姿は微かに滲んでいる。生身の人間とは少し違う。三人がかりで暴行したときの打ち所が悪くて、美雪は死んでしまったのではないか。そして、ここにいるのは……。

「おまえ……。ひょっとして、幽霊なの？」

愛梨が震える声でおそるおそる問いかけると、美雪は少し困ったように首を傾げた。その仕草も、嫉妬してしまうぐらい可愛い。

「……幽霊？　そうか、私、死んだんだね。あんたたちにひどいことをされて、悔しくてたまらなくて死んだんだね。そういうの、憤死っていうんだよね？　最近、本で読んだよ。……って、そんな話は今は必要ないか。恨みを残して死んだんだったら、復讐するのが道理だもんね。それに、ミーチャの分の恨みもあるし」

そう言うと美雪はにやりと笑った。普段のおとなしそうな美雪とはずいぶん違う。今にもその口が耳まで裂けてしまいそうだ。まさかそんなことはないと思い、自分のバカな想像を否定してもらいたくて口にした「幽霊？」という問いかけが、明確な恐怖となって愛梨に戻ってきた。

ゾッとする感覚に襲われ、ガチガチと歯が鳴った。身体の震えが止まらない。

「いや！　ここから出てって！」

ベッドのヘッドボードに置いてあった目覚まし時計を手に取って、美雪目掛けて投げつけた。だがそれは、美雪の身体を通り抜けて壁に当たり、電池を飛び散らせながら床の上に落ちて転がった。

本当に幽霊だ……。

「やめて！　助けて！　お願い、今までのことはあやまるから！　ごめんなさい！」

愛梨はその場にひれ伏し、額を床に擦りつけるようにして叫んだ。まさか自分が土下座をするなど想像したこともなかった。

「かっこ悪いね。いつも偉そうにしてるのにさ。でも、いくらあやまってもダメだよ。あなたはそれぐらいひどいことをしたんだから」

「私を殺すの？」

「あなたは殺さないよ。それよりも、ずっと大きな恐怖を与えて、これからずっと私のことを怖れながら一生生きていかないといけないようにしてあげる」

美雪の瞳の黒目が、猫の目のように細くなった。

「いや！　お願い、許して。なんでもする。これからは臼庭さんの子分になる。だから許して！」

愛梨は両手を顔の前で合わせて、懇願した。その様子を見下ろしながら、美雪が首を横に振った。

「無理」

「え？」

愛梨の身体に異変が起こった。両手を合わせた十本の指がすべて、外側に反り返っていく。それはもちろん愛梨の意思ではない。そして、骨が折れる音が立てつづけに部屋の中に響いた。

自分の身体に起こったことを理解した瞬間、愛梨は激痛に飲み込まれ、悲鳴を上げながら床の上を転がった。頭上からは楽しげな美雪の笑い声が降ってくる。同時に一階から母親の叫び声が響く。

「いい加減にしなよ！　愛梨！　もう許さないからね！」

「お母さん！　助けて！」

声を振り絞って叫び、愛梨は扉に飛びついた。内鍵がかかっていて開かない。指でバーを横にずらそうとしたが、骨が折れた指はグニャグニャで、鍵に押しつけても激痛が襲いかかってくるだけで開けることはできない。

背後には美雪の笑い声。

「今度は足の指を折る？」

痛みの予感から逃れるように、愛梨は指が折れた両手を胸に抱えてドアに体当たりを繰り返した。ドーン！　ドーン！　と大きな音が響く。家中が振動するほどの勢いだが、ドアはびくともしない。おかしい。こんなに薄くてペラペラなのに……。

「愛梨！　いったいどうしたの!?」

階下から、今度は心配そうな母親の声が聞こえた。

泣きながら体当たりを繰り返す愛梨の耳元で、美雪が楽しそうに囁く。

「そうだ。いいこと思いついた」

そのとたん、ひとりでに鍵が横にずれ、ドアが勢いよく外側に開いた。そこはすぐに階段だ。

「あんたのお母さんに受け止めてもらえばいいよ。その親子愛が本物ならね」

背中をなにか大きな力で押された。悲鳴を上げながら踏み出した足の下に床はない。愛梨の身体が宙に舞った。

階段の下では、母親が口を半開きにしてこちらを見上げている。その母親目掛けて、愛梨はけたたましい音を響かせながら階段を転がり落ちていった。とっさに母親は尻餅をつくようにして、落ちてくる愛梨から逃れる。

階段の下は玄関で、ガラスの引き戸がある。そこに愛梨は頭から突っ込んでいった。

音を聞いて家の奥から飛び出してきた父親が見たのは、割れたガラス戸に頭を突っ込み、ドクドクと大量の血を流れ出させている娘の姿と、その横で腰を抜かしている妻の姿だった。

「あはははは……。いい気味だよ」

階段の上からその様子を見下ろしながらつぶやいた美雪の身体は、煙が風で飛ばされるように掻き消えた。

16

電話を切った十和子は、タクシーで中学校に駆けつけた。

正門の前で停めてもらい、金を払ってタクシーから降りる。大崎はまだ着いていないようだ。学校のまわりは畑や田んぼばかりで、民家はなく、人の気配もまったくない。こんな寂しい場所で美雪は今もひとりで……。

「えっ？」

十和子は、ふと耳を澄まして周囲を見回した。悲鳴が聞こえたような気がしたのだ。だがそれは実際の声ではない。耳の奥に直接届いた悲鳴だ。美雪の悲鳴だろうか？　わからない。ただ一緒に笑い声のようなものも聞こえたことが、十和子の不吉な予感をさらに強める。

試しに正門を横に引き開けようとしたが、びくともしない。その横の通用口のノブをまわしてみたが、それもやはり鍵がかかっていた。

これ以上、大崎を待っていられない。門扉の高さは二メートルほどだ。なにか踏み台になるものを探してきて乗り越えようか。警報が鳴るだろうが、それならそれで駆けつけた警備員が美雪を見つけてくれるかもしれないから問題はない。わざわざ大崎に連絡する必要はなかったかもしれない。

そんなことを考えていると、エンジン音が近づいてきた。

暗闇にライトの明かりが現れ、十和子を飲み込む。顔を背け、腕で光を遮る。すぐ近くで車は停まった。大型のワンボックスカーだ。ライトが消され、大崎が懐中電灯を片手に車から降りてきた。

「すみません。遅くなりました。美雪さんの三者面談のとき以来ですね。あのときは――」

「挨拶なんかしている場合じゃありません。早く！早く門を開けてください！」

「あ、はい、すみません。警備会社に連絡してパスワードを教えてもらいましたから」

そう言って大崎がインターフォンのところにある小さな蓋を開き、そこになにやら番号を打ち込むとカチッと硬い音がした。

大崎が門の横の通用口の扉を開けた。

「でも、本当に美雪さんは校内にいるんでしょうか？　真っ暗ですけど」

大崎の言うとおり、塀の内側は真っ暗だ。ただ、その闇の中に、巨大な化け物のように校舎が非常灯らしき緑色の光をぼんやりと放ちながらそびえ立っている。

でも、美雪のいる場所はもっと暗い。その暗闇に怯えていた美雪の心が十和子の意識に伝わってきたのだ。

正門から学校の敷地内に入ると、十和子は周囲を見回した。背後で大崎の声がした。

「あっ、これって……」

振り返ると、大崎が正門から少し入ったところにある植え込みの中から学生カバンを拾い上げるところだった。分厚くて、中身がぎっしりと詰まっていそうな黒い学生カバンだ。

駆け寄って、大崎の手から奪い取るようにしてカバンを開ける。蓋の裏側に「臼庭美雪」と名前が書いてあった。

「美雪のです。やっぱりまだ学校内にいるんですよ」

十和子は目を閉じて意識をすべて耳に集中させた。美雪の心臓の鼓動、呼吸音、泣き声を必死になって聞き取ろうとしたが、なにも聞こえない。美雪の気配が、まったく感じられないのだ。

最後に悲鳴と笑い声が聞こえたように感じたのはグラウンドのほうからだった。本当なら大崎に怪しまれないように他の場所も捜しながらグラウンドへ向かったほうがよかったが、もうそんなことをしている時間はない。

十和子は美雪の学生カバンを胸に抱きしめるようにして持ち、グラウンドのほうに向かって歩き始めた。

「校舎の中じゃないんですか?」

「いいえ、こっちのほうにいるような気がするんです」

「それも母親の勘ですか?」

大崎が不審げにつぶやく。なにかを気にしている様子だ。案外、勘の鋭い男なのかもしれない。でも、気にしている場合ではない。早く美雪を止めなければ、このままだと取り返しのつかないことになってしまう。

「そうです。母親の勘です。美雪はこっちにいるはずです」

覚悟を決めてそう言うと、十和子は暗いグラウンドのほうに向かって走り出した。

「十和子さん、ちょっと待ってください！」

慌てて大崎があとを追ってくる。背後に聞こえるその足音に、なにかとんでもなく不吉な出来事が迫り来るように感じて、十和子の足はますます速くなる。

17

北川希実は机に向かい、参考書の要点をノートに書き写していた。

最近はいつも放課後に晴香たちと寄り道をして帰るために、どうしても帰宅が遅くなってしまう。そのせいで、もうすぐ受験だというのに全然勉強する時間を取れない。今日はもう少し頑張っておきたい。

希実の両親は共働きだ。この時間になってもまだ帰ってきていない。こんなに残業をしても、給料は安い。それは勤め先が零細企業だからだ。なので自分は一流企業に就職して、いっぱいお金を稼いで両親に楽をさせてあげたい。そのためには今、高校受験を頑張らなければ。

もっとも、そんな理由がなくても、希実は学ぶことが大好きだった。小学生の頃から月に十冊は本を読んでいた。それが楽しいからだ。

中学校に入学してからも読みたい本が大量にあったので、昼休みに本を読んでいると、クラスメイトにそのことを見咎められた。

「なに恰好つけてんの？」

本を読むことが「恰好をつけている」「気取っている」「私はあなたたちとは違うのよと主張している」と思われて、イジメを受けるようになった。

それを救ってくれたのが晴香だった。どういうわけか晴香は希実のことを気に入り、「一緒にお弁当を食べようよ」と誘ってくれた。

ただ単に子分がもうひとり欲しかっただけなのかもしれないが、晴香は入学当時から悪い意味で目立っていたので、そんな晴香と一緒にお弁当を食べる仲である希実のことを、他の生徒たちは一目置き、いじめられることはなくなった。

そうなると、もう晴香とは離れられない。自然と希実は放課後も晴香と愛梨と一緒に遊ぶようになった。最初はボディーガード的な存在になってくれたことに対する感謝の気持ちからだったが、自分に好意を持ってくれる相手に希実も好意を持つようになっていった。

だから晴香の敵は希実の敵でもある。臼庭美雪に恨みはないが、晴香が「あいつ、気にくわねえ」と言い出せば、希実も一緒になって憎まないとならない。そうしないと、今度は希実が晴香の敵にされてしまう可能性もあった。

そうやって晴香たちとなんとかうまくやっていた。でも、晴香たちはまったく勉強をしない。将来のことなど考えず、今が楽しければそれでいいと思っている。そんな彼女たちと一緒に遊び回ったりするので時間を取られる。だから希実は家に帰ってきてからは、ひとりで猛勉強をしていた。

もちろん晴香たちには秘密だ。自分だけが将来を見据えて努力しているというのは、なんだか抜け駆けをしているような気がして申し訳なかったからだ。

今夜もまた、将来のために希実はノートに文字を書き込みつづけた。カサカサ、カサカサとノートの上をシャーペンの芯が滑る音が部屋の中に静かに響く。

「えっ……」

希実はシャーペンを持った手を止めた。気がつくと、ノートが細かい文字で埋め尽くされていた。

を許さない。おまえを許さない。おまえを許さない。おまえを許さない。おまえを許さない。おまえを許さない。

を許さない。おまえを許さない。おまえを許さない。おまえを許さない。おまえを許さない。おまえを許さない。

を許さない。おまえを許さない。おまえを許さない。おまえを許さない。おまえを許さない。おまえを許さない。

を許さない。おまえを許さない。おまえを許さない。おまえを許さない。おまえを許さない。おまえを許さない。

を許さない。おまえを許さない。おまえを許さない。おまえを許さない。おまえを許さない。おまえを許さない。

を許さない。おまえを許さない。おまえを許さない。おまえを許さない。おまえを許さない。おまえを許さない。

を許さない。おまえを許さない。おまえを許さない。おまえを許さない。おまえを許さない。おまえを許さない。

を許さない。おまえを許さない。おまえを許さない。おまえを許さない。おまえを許さない。おまえを許さない。

を許さない。おまえを許さない。おまえを許さない。おまえを許さない。おまえを許さない。おまえを許さない。

を許さない。おまえを許さない。おまえを許さない。おまえを許さない。おまえを許さない。おまえを許さない。

を許さない。おまえを許さない。おまえを許さない。おまえを許さない。おまえを許さない。おまえを許さない。

を許さない。おまえを許さない。おまえを許さない。おまえを許さない。おまえを許さない。おまえを許さない。

を許さない。おまえを許さない。おまえを許さない。おまえを許さない。おまえを許さない。おまえを許さない。

を許さない。おまえを許さない。おまえを許さない。おまえを許さない。おまえを許さない。おまえを許さない。

を許さない。おまえを許さない。おまえを許さない。おまえを許さない。おまえを許さない。おまえを許さない。

を許さない。おまえを許さない。おまえを許さない。おまえを許さない。おまえを許さない。おまえを許さない。

を許さない。おまえを許さない。おまえを許さない。おまえを許さない。おまえを許さない。おまえを許さない。

を許さない。おまえを許さない。おまえを許さない。おまえを許さない。おまえを許さない。おまえを許さない。

を許さない。おまえを許さない。おまえを許さない。おまえを許さない。おまえを許さない。おまえを許さない。

を許さない。おまえを許さない。おまえを許さない。おまえを許さない。おまえを許さない。おまえを許さない。

を許さない。おまえを許さない。おまえを許さない。おまえを許さない。おまえを許さない。おまえを許さない。

を許さない。おまえを許さない。おまえを許さない。おまえを許さない。おまえを許さない。おまえを許さない。

を許さない。おまえを許さない。おまえを許さない。おまえを許さない。おまえを許さない。おまえを許さない。

を許さない。おまえを許さない。おまえを許さない。おまえを許さない。おまえを許さない。おまえを許さない。

を許さない。おまえを許さない。おまえを許さない。おまえを許さない。おまえを許さない。おまえを許さない。

を許さない。おまえを許さない。おまえを許さない。おまえを許さない。おまえを許さない。おまえを許さない。

を許さない。おまえを許さない。おまえを許さない。おまえを許さない。おまえを許さない。おまえを許さない。

を許さない。おまえを許さない。おまえを許さない。おまえを許さない。おまえを許さない。おまえを許さない。

を許さない。おまえを許さない。おまえを許さない。おまえを許さない。おまえを許さない。おまえを許さない。

を許さない。おまえを許さない。おまえを許さない。おまえを許さない。おまえを許さない。おまえを許さない。

を許さない。おまえを許さない。おまえを許さない。おまえを許さない。おまえを許さない。おまえを許さない。

を許さない。おまえを許さない。おまえを許さない。おまえを許さない。おまえを許さない。おまえを許さない。

を許さない。おまえを許さない。おまえを許さない。おまえを許さない。おまえを許さない。おまえを許さない。

を許さない。おまえを許さない。おまえを許さない。おまえを許さない。おまえを許さない。おまえを許さない。

を許さない。おまえを許さない。おまえを許さない。おまえを許さない。おまえを許さない。おまえを許さない。

を許さない。おまえを許さない。おまえを許さない。おまえを許さない。おまえを許さない。おまえを許さない。

を許さない。おまえを許さない。おまえを許さない。おまえを許さない。おまえを許さない。おまえを許さない。

を許さない。おまえを許さない。おまえを許さない。おまえを許さない。おまえを許さない。おまえを許さない。

を許さない。おまえを許さない。おまえを許さない。おまえを許さない。おまえを許さない。おまえを許さない。

を許さない。おまえを許さない。おまえを許さない。おまえを許さない。おまえを許さない。おまえを許さない。

を許さない。おまえを許さない。おまえを許さない。おまえを許さない。おまえを許さない。おまえを許さない。

を許さない。おまえを許さない。おまえを許さない。おまえを許さない。おまえを許さない。おまえを許さない。

を許さない。おまえを許さない。おまえを許さない。おまえを許さない。おまえを許さない。おまえを許さない。

を許さない。おまえを許さない。おまえを許さない。おまえを許さない。おまえを許さない。おまえを許さない。

を許さない。おまえを許さない。おまえを許さない。おまえを許さない。おまえを許さない。おまえを許さない。

を許さない。おまえを許さない。おまえを許さない。おまえを許さない。おまえを許さない。おまえを許さない。

を許さない。おまえを許さない。おまえを許さない。おまえを許さない。おまえを許さない。おまえを許さない。

を許さない。おまえを許さない。おまえを許さない。おまえを許さない。おまえを許さない。おまえを許さない。

を許さない。おまえを許さない。おまえを許さない。おまえを許さない。おまえを許さない。おまえを許さない。

を許さない。おまえを許さない。おまえを許さない。おまえを許さない。おまえを許さない。おまえを許さない。

を許さない。おまえを許さない。おまえを許さない。おまえを許さない。おまえを許さない。おまえを許さない。

おまえを許さない。おまえを許さない。おまえを許さない。おまえを許さない。おまえを許さない。おまえを許さ
おまえを許さない。おまえを許さない。おまえを許さない。おまえを許さない。おまえを許さない。おまえを許さ
おまえを許さない。おまえを許さない。おまえを許さない。おまえを許さない。おまえを許さない。おまえを許さ
おまえを許さない。おまえを許さない。おまえを許さない。おまえを許さない。おまえを許さない。おまえを許さ
おまえを許さない。おまえを許さない。おまえを許さない。おまえを許さない。おまえを許さない。おまえを許さ
おまえを許さない。おまえを許さない。おまえを許さない。おまえを許さない。おまえを許さない。おまえを許さ
おまえを許さない。おまえを許さない。おまえを許さない。おまえを許さない。おまえを許さない。おまえを許さ
おまえを許さない。おまえを許さない。おまえを許さない。おまえを許さない。おまえを許さない。おまえを許さ
おまえを許さない。おまえを許さない。おまえを許さない。おまえを許さない。おまえを許さない。おまえを許さ
おまえを許さない。おまえを許さない。おまえを許さない。おまえを許さない。おまえを許さない。おまえを許さ
おまえを許さない。おまえを許さない。おまえを許さない。おまえを許さない。おまえを許さない。おまえを許さ
おまえを許さない。おまえを許さない。おまえを許さない。おまえを許さない。おまえを許さない。おまえを許さ
おまえを許さない。おまえを許さない。おまえを許さない。おまえを許さない。おまえを許さない。おまえを許さ
おまえを許さない。おまえを許さない。おまえを許さない。おまえを許さない。おまえを許さない。おまえを許さ
おまえを許さない。おまえを許さない。おまえを許さない。おまえを許さない。おまえを許さない。おまえを許さ
おまえを許さない。おまえを許さない。おまえを許さない。おまえを許さない。おまえを許さない。おまえを許さ
おまえを許さない。おまえを許さない。おまえを許さない。おまえを許さない。おまえを許さない。おまえを許さ
おまえを許さない。おまえを許さない。おまえを許さない。おまえを許さない。おまえを許さない。おまえを許さ
おまえを許さない。おまえを許さない。おまえを許さない。おまえを許さない。おまえを許さない。おまえを許さ
おまえを許さない。おまえを許さない。おまえを許さない。おまえを許さない。おまえを許さない。おまえを許さ
おまえを許さない。おまえを許さない。おまえを許さない。おまえを許さない。おまえを許さない。おまえを許さ
おまえを許さない。おまえを許さない。おまえを許さない。おまえを許さない。おまえを許さない。おまえを許さ
おまえを許さない。おまえを許さない。おまえを許さない。おまえを許さない。おまえを許さない。おまえを許さ
おまえを許さない。おまえを許さない。おまえを許さない。おまえを許さない。おまえを許さない。おまえを許さ
おまえを許さない。おまえを許さない。おまえを許さない。おまえを許さない。おまえを許さない。おまえを許さ
おまえを許さない。おまえを許さない。おまえを許さない。おまえを許さない。おまえを許さない。おまえを許さ
おまえを許さない。おまえを許さない。おまえを許さない。おまえを許さない。おまえを許さない。おまえを許さ
おまえを許さない。おまえを許さない。おまえを許さない。おまえを許さない。おまえを許さない。おまえを許さ
おまえを許さない。おまえを許さない。おまえを許さない。おまえを許さない。おまえを許さない。おまえを許さ
おまえを許さない。おまえを許さない。おまえを許さない。おまえを許さない。おまえを許さない。おまえを許さ
おまえを許さない。おまえを許さない。おまえを許さない。おまえを許さない。おまえを許さない。おまえを許さ
おまえを許さない。おまえを許さない。おまえを許さない。おまえを許さない。おまえを許さない。おまえを許さ
おまえを許さない。おまえを許さない。おまえを許さない。おまえを許さない。おまえを許さない。おまえを許さ
おまえを許さない。おまえを許さない。おまえを許さない。おまえを許さない。おまえを許さない。おまえを許さ
おまえを許さない。おまえを許さない。おまえを許さない。おまえを許さない。おまえを許さない。おまえを許さ
おまえを許さない。おまえを許さない。おまえを許さない。おまえを許さない。おまえを許さない。おまえを許さ
おまえを許さない。おまえを許さない。おまえを許さない。おまえを許さない。おまえを許さない。おまえを許さ
おまえを許さない。おまえを許さない。おまえを許さない。おまえを許さない。おまえを許さない。おまえを許さ
おまえを許さない。おまえを許さない。おまえを許さない。おまえを許さない。おまえを許さない。おまえを許さ
おまえを許さない。おまえを許さない。おまえを許さない。おまえを許さない。おまえを許さない。おまえを許さ
おまえを許さない。おまえを許さない。おまえを許さない。おまえを許さない。おまえを許さない。おまえを許さ
おまえを許さない。おまえを許さない。おまえを許さない。おまえを許さない。おまえを許さない。おまえを許さ
おまえを許さない。おまえを許さない。おまえを許さない。おまえを許さない。おまえを許さない。おまえを許さ
おまえを許さない。おまえを許さない。おまえを許さない。おまえを許さない。おまえを許さない。おまえを許さ
おまえを許さない。おまえを許さない。おまえを許さない。おまえを許さない。おまえを許さない。おまえを許さ
おまえを許さない。おまえを許さない。おまえを許さない。おまえを許さない。おまえを許さない。おまえを許さ
おまえを許さない。おまえを許さない。おまえを許さない。おまえを許さない。おまえを許さない。おまえを許さ
おまえを許さない。おまえを許さない。おまえを許さない。おまえを許さない。おまえを許さない。おまえを許さ
おまえを許さない。おまえを許さない。おまえを許さない。おまえを許さない。おまえを許さない。おまえを許さ
おまえを許さない。おまえを許さない。おまえを許さない。おまえを許さない。おまえを許さない。おまえを許さ
おまえを許さない。おまえを許さない。おまえを許さない。おまえを許さない。おまえを許さない。おまえを許さ
おまえを許さない。おまえを許さない。おまえを許さない。おまえを許さない。おまえを許さない。おまえを許さ
おまえを許さない。おまえを許さない。おまえを許さない。おまえを許さない。おまえを許さない。おまえを許さ
おまえを許さない。おまえを許さない。おまえを許さない。おまえを許さない。おまえを許さない。おまえを許さ
おまえを許さない。おまえを許さない。おまえを許さない。おまえを許さない。おまえを許さない。おまえを許さ

「なにこれ？」

書いた覚えはなかったが、それは希実の文字だ。それに、相当力を込めて書いたのだろう。指が痛くなっている。

「疲れてるのかな」

シャーペンを置くと希実は両手を突き上げ、背もたれに身体をあずけるようにして背筋を伸ばした。首をまわし、手で肩を揉んで凝りをほぐす。

もう少しだけ頑張ろう。

そう思い、不気味な文字で埋め尽くされたページをめくり、そこに新たに英単語を書き始めた。その手の甲に、長い黒髪がさわっと触れた。その部分からさーっと全身に鳥肌が広がった。

希実の髪はショートカットで、肩にも届かない。誰かが希実の肩越しにノートをのぞき込んでいる……。

「おまえを許さない」

耳元で囁き声が聞こえて、希実は椅子から滑り落ちるようにして後ろを振り返った。そこには美雪が立っていた。

「臼庭さん……」

美雪の身体は微かに宙に浮いている。足がカーペットについていないのだ。その顔は白い。もともと色白の美雪だが、それにしても体内に血液など流れていないかのように真っ白だ。

「し……死んだの？」

美雪を旧体育倉庫に閉じ込めて帰ってきたことを思い出した。そう、今思い出しただけで、すっかり忘れていた。

あれは晴香がやったことだ。自分はただ一緒にいただけ。罪の意識もなく、同級生を殴ったり蹴ったりし、後ろ手に縛り上げたまま黴臭い旧体育倉庫の中に閉じ込めてきた。そうしなければ、自分が生け贄にされてしまうからだ。

「死んだとしたら、なんなの？　ミーチャも殺したのよね？　ほんと、ひどい人だよね」

ゆらゆら揺れながら美雪が言う。

「違う！　あの猫を殺したのは晴香ちゃんだよ！　私はただ一緒にいただけ」

「そうだよね。あんたはいつも晴香と一緒にいるだけ。あいつがどんなひどいことをしても、横でへらへら笑いながら見てるだけなんだ。そういうのが一番腹が立つんだよ」

「ごめんなさい、臼庭さん。私は本当はあんなことはしたくなかったの。晴香ちゃんたちに逆らえなかっただけなの。知ってるでしょ？　私が入学当時、一部の人たちにいじめられていたのを。晴香ちゃんがそれを助けてくれて自分の仲間にしてくれた。だから私は晴香ちゃんたちには逆らえないの。晴香ちゃんから距離を取ったら、すぐにまたいじめられっ子に戻ってしまうから」

「自分がいじめられたくないから私をいじめたの？　ずいぶん勝手だよね。自分が殴られたら痛いのと同じように、他人も殴られたら痛いのがわからないの？」

「ごめんなさい！　わかる！　痛いのはわかる！　でも、私も殴りながら心を痛めてたの！」

「あんたの心の痛みなんか、私は知らない！」

狭い部屋の中に嵐のように風が吹き荒れた。天井まである本棚が地震のときのように揺れ、大量の本が希実の上に降ってくる。

美雪がくいっと顎をしゃくると、本が鳥のように羽ばたきながら希実に襲いかかった。それはまるで巣を荒らす外敵に対するかのような凶暴さだ。

その一冊が希実の頬をかすめた。張りのある頬に、赤い線が一本引かれたと思うと、熟した果実が破裂するように、そこから勢いよく血が噴き出した。

痛みと出血に驚いて悲鳴を上げながらとっさに腕で庇うと、今度はその腕を切り裂かれる。希実はまた悲鳴を上げた。そんな反応を面白がるように、部屋の中を本が飛び回り、何度も何度も希実に襲いかかる。

その度に腕や顔を切り裂かれ、希実は血まみれになりながら部屋の中を転げ回るようにして必死に逃げつづけた。

「痛い！　やめて！　お願い、許して！」

「安心して。あなたは殺さないから。ただ、後悔させるだけだから」

「お母さん、お父さん、助けて！」

まだ帰宅していない両親に助けを求めながら、希実は部屋から飛び出そうとするが、ドアが開かない。必死にドアノブを引っ張ろうとしている希実の上に、壁一面の書棚が倒れてきた。大きな音とともに、希実は書棚と本の下敷きになった。

「助けて……」

重くて動けない。身体の下がぬるぬるする。大量に流れ出た血が溜まっているのだ。その血の海に希実は溺れてしまいそうだ。

「大丈夫だよ、その程度の出血じゃ死なないから。まあ、発見が遅れればわからないけど。あなたのご両親が早く帰宅することを祈るのね」

美雪は満足げに笑みを浮かべた。身体がゆっくりと消えていき、最後に冷たい笑みだけが残った。その笑みが消えるのを希実は確認することはできなかった。希実の意識が先に消えてしまったからだ。

18

校舎の横を抜けてグラウンドまで走り出て、十和子は立ち止まった。夜のグラウンドは真っ暗だが、闇の濃さが違うので、かろうじて地面と空の境目がわかる。

「美雪さんはグラウンドにいるんですか？」

大崎がすぐに追いついて、十和子の横に並んで立ち、グラウンドのほうを向いて訊ねた。

「わかりません。ただ、そんな気がするんです」

十和子は周囲を見回した。グラウンドの一番奥に、夜の闇の中に溶け込みそうな古ぼけたコンクリート製の小屋があるのが見えた。

コンクリートの箱？　頭に浮かんだイメージはあれだったのか？　他にそれらしき建物は見当たらない。なら、美雪はあの中にいる。

十和子は、グラウンドを突っ切るようにしてそちらに向かって走った。

「あっ、十和子さん！」

大崎がまた慌てて追いかけてくる。見るからにスポーツマンである大崎はすぐに十和子に並び、その視線の先にあるコンクリート製の建物に気づいた。

「ひょっとして、あの中に？」

そう言うと、返事も待たずに十和子を追い抜き、先にその建物に到着した。

「おい、美雪！　中にいるのか？」

大崎はドンドンと鉄の扉を叩き、耳を押しつけて中の音に耳を澄ました。少し遅れて十和子もそこにたどり着いた。その四角い建物は長年の風雨に晒されて全体的に黒ずみ、壁にはいくつもの亀裂が走っている。見ようによっては、発掘された巨大な石棺のように見えなくもない。

「美雪！　いるの？　返事をして！」

十和子も名前を呼びながら扉を叩いた。それでも返事はない。大崎が振り返って言う。

「美雪さんは本当にこの中にいるんでしょうか？」

その問いかけには答えずに、十和子は逆に訊ねた。

「この建物はなんなんですか？」

「体育倉庫です。でも、新しく体育館に併設されたんで、今は使ってないはずです。それに外から南京錠がかけてありますから、ここにはいないんじゃないですかね」

大崎は美雪が誰かに悪意を持って閉じ込められたとは想像もしていないのだ。性善説に侵された教師の平和な頭にうんざりした。

十和子は大崎を押しのけるようにして扉の前に立った。フックをかけて、そこに南京錠がはめられている。おもむろにしゃがみ込み、足下の段差を調整するために置いてあったコンクリートブロックを両手で持ち上げた。

「なにをするんですか？」

「これで鍵を壊すんです」

「ダメですよ。職員室に鍵があるはずなんで見てきます」

扉はあちこち錆びていたが、南京錠はまだ新品で、おまけにかなり安っぽい。美雪をここに閉じ込めた人間、おそらく中学生が買ってきてはめたものだろう。それなら職員室に鍵はないはずだ。

「そんなことをしている時間はないんです！」

大崎が止めるのも聞かずに、十和子は重いブロックを南京錠に向かって振り下ろした。ガン！　ガン！　ガン！　と数回叩きつけると、留め金自体がちぎれ、南京錠が地面に落ちた。

ブロックを足下に投げ捨てて、鉄の扉に手をかける。全体重をかけて横に引くと、ガラガラと重い音を闇に響かせながら扉が開いた。

グラウンドも暗いと思っていたが、旧体育倉庫の中はもっと暗い。その闇を丸い光が切り裂いた。大崎が十和子の背後から懐中電灯で照らしたのだ。

「ここはもう取り壊すだけなんで、今は電気もきてないんです」

丸い光が左から右へと移動していく。すでに用無しになった、あとは廃棄を待つだけの体育用品のシルエットの中に、うつぶせに倒れ込んでいる制服姿の少女の姿があった。そこで光の円の移動が止まり、同時に十和子の声が響いた。

「美雪！」

十和子は叫びながら美雪に駆け寄った。走り高跳び用のマットの上にうつぶせに倒れ込んだ美雪の制服は汚れ、顔には傷ができている。誰かに殴られたようだ。それはもちろん美雪をここに閉じ込めた人物だ。

「美雪、しっかりして！」

声をかけながら抱き起こしたが、その身体は骨を抜かれたように、十和子の腕の中でぐにゃりと反り返ってしまう。

弱々しいが脈はある。呼吸も微かにしているようだ。それでも、この身体の中に美雪の魂はない。美雪の身体は空っぽになってしまっていた。そのことを十和子ははっきりと感じた。

では、美雪の魂は今どこでなにをしているのか？　それはきっと……。

「大丈夫ですか？　今、救急車を呼びますね」

美雪が目を覚まさないことで大崎が慌てふためき、ポケットの中からケータイを取り出して電話をかけようとする。

それを十和子はとっさに止めた。

「待ってください！　私は看護婦です。私に任せてください」

「……そうでしたね。わかりました」

大崎がケータイをポケットにしまった。懐中電灯の光は真っ白な美雪の顔を照らしている。十和子は心の中で美雪に声をかけつづけた。

ダメ！　美雪、そんなことをしちゃダメ！　もうこれ以上、罪を重ねないで！

19

国道沿いの歩道を三田晴香はひとりで歩いていた。この近くには信号がないので、どの車もかなりスピードを出している。夜遅いこの時間は長距離トラックが多い。すぐ横を通り過ぎていくと地面が振動し、風が巻き上げられる。

誰か乗せてくれればいいのに。歩き疲れた晴香は、ヒッチハイクでもしてみようかと思ってしまう。

電車賃を節約するために家まで歩くことにしたのを晴香は後悔していた。新しい靴を履いていたために、もう靴擦れでアキレス腱の辺りがヒリヒリと痛い。

さっきまで恋人である浜野裕次のマンションにいた。本当なら泊めてもらうつもりだったのだが、裕次の仲間から『今からおまえの部屋でみんなで飲もうぜ』と電話がかかってきた。

晴香としては自分のカノジョだと紹介してもらえることを期待したのだが、「おまえは帰れ」と言われてしまった。小便臭い女子中学生とつきあっていると知られたら、みんなにバカにされるというのだ。

「いいじゃん。自分だって、そんなに歳は変わんないでしょ」

そう抗議したが、裕次は聞いてくれなかった。

裕次は晴香の学校の卒業生で、年齢は現在十八歳。晴香よりも三歳年上だ。中学を卒業したあとは一応、高校に進学したものの、ケンカが原因で一週間で中退し、しばらくはガソリンスタンドでアルバイトをしていたが、今はなにかヤバイ仕事をしているらしく異常なぐらい金回りがいい。

裕次は中学時代もかなり悪かったそうで、今でも先生たちがときどき、「あいつは本当に大変だった」と噂話をしている。晴香の学年にもいる恰好だけの不良たちとは違って、本物の悪なのだ。でも、晴香には優しい。

中学入学と同時に本格的に不良の道に足を踏み入れた晴香は、地元のグループに加入してリーダー格だった裕次と知り合った。初めのうちは憧れの先輩といった感じだったが、徐々に恋心に変わっていった。そして半年ほど前に晴香のほうから猛アタックして男女の関係になった。もちろん裕次が初めての男だ。

晴香は裕次を愛していたし、裕次も晴香を愛してると言ってくれていた。でも、ひょっとして……。

さっきの電話は「ダチからだった」と裕次が言っただけだ。もしかしたら女かもしれない。今から行くからと電話がかかってきたので、邪魔な自分を追い出しただけでは？　そんなことを考え始めると、もうそうとしか思えなくなってしまう。

マンションに押しかけてやろうか。だけど、もしも本当に女がいたら……。裕次が自分を選んでくれるとは限らない。裕次がその女と浮気しているのではなく、自分が裕次の浮気相手なのかもしれない。そしたら、決定的にフラれてしまうかも。

どうしたらいいんだろう？

悩んだ晴香は、とりあえず電話をかけてみることにした。それでマンションの様子がわかるはずだ。だけど近くには公衆電話は見当たらない。こんなとき、ケータイかPHSでも持っていれば楽なのだが、中学生の身ではそんな高価なものはまだ持てない。

「あっ、あった」

国道沿いの道をさらに歩き、ようやく見つけた電話ボックスに駆け込んで、テレフォンカードを差し込んだ。今までに数え切れないぐらいかけた裕次のケータイの番号をプッシュする。

受話器を耳に押し当ててつながるのを待つが、いつまで経っても電話はつながらない。ただ無音の状態がつづくだけだ。

苛々しながら待っていると、耳に押し当てた受話口から、暗い谷底を風が吹き抜けていくような不気味な音が聞こえてきた。その音が、徐々に人間の呻き声のように聞こえ始める。

「な……なんなんだよ、これ」

気味が悪くなって受話器を耳から離し、それを見つめながらつぶやいた。そのとき、不意に視線を感じた。何気なく視線を上げると、そこには人間の顔があった。驚いてよく見ると、それは自分の顔だった。電話ボックスのアクリル板が鏡のようになり、そこに自分の顔が映っているのだった。

なんだ自分の顔かと、ほっと息を吐こうとして、晴香はそのまま固まった。

いくらなんでも鏡みたいにこんなにはっきりと映るのは変だ。

その理由がすぐにわかった。外が真っ暗なのだ。まわりには道路も電柱も街灯もない。電話ボックスは漆黒の闇の中にポツンと存在しているのだった。

『もしもし』

狭い箱の中に声が響き、晴香は驚いて受話器を落としてしまった。ぶらんぶらんと振り子のように揺れる受話器から声が聞こえる。

『もしもし。誰だよ、イタズラかよ』

裕次の声だ。今にも怒って切ってしまいそうな苛々した口調に、晴香は慌ててその場にしゃがみ込んで受話器に向かって叫んだ。

「裕次！　なんか変なの！　助けて！」

晴香の声を聞いた裕次が息を呑むのがわかった。ふざけているわけではなく、晴香の身に本当に異常な出来事が起こっていることが伝わったのだろう。

『晴香か？　どうした？　今、どこにいるんだ？』

電話ボックス。帰る途中の電話ボックスにいるの。そう伝えようとしたが、背後でノックの音がして、その言葉を飲み込んだ。

コンコン……。コンコン……。

長電話で待ちきれなくなったというわけではなさそうだ。第一こんな時間にこんな寂しい場所にある公衆電話を使う人間が自分の他にいるとは思えない。

コンコン……。コンコン……。コンコンコン……。

ノックの音は徐々に勢いを強くしていく。なんなんだ？　いったい誰だよ？　晴香は恐怖を覚えてうずくまりつづけていたが、徐々に腹立ちが大きくなっていく。

コンコンコンコンコンコンコンコンコンコン……。

「うるさいよ！」

怒りに任せて立ち上がり、勢いよく振り返ると、そこにはやはり自分の顔があった。その自分の口が横に裂けそうなほど大きく広げられ、にやりと笑う。いや違う。アクリル板に映った晴香の顔の向こう――電話ボックスの外にもうひとつ顔があり、それが気味の悪い笑みを浮かべているのだ。

晴香の目の焦点が、手前の自分の顔から外にある顔に移動した。とたんに強張っていた肩の力が抜けていく。

「臼庭……おまえ……」

ついさっき旧体育倉庫から出ることができたばかりなのか、美雪はこんな時間なのにまだ制服姿だ。どうやら自分がされたことに対する文句を言いにきたようだ。

電話ボックスの中で泣きそうなほど怯えていたところを見られたと思うと、一気に怒りの感情が湧き上がってきた。

『おい、どうした？　なんかあったのかよ？』

手に持った受話器から裕次の声が聞こえる。その受話器を耳に当てた。

「さっき話してた臼庭美雪がここにいるの。なんかにやにや笑ってて気味悪いんだ」

晴香はアクリル板を挟んで美雪を睨みつけながら言った。だが、返事がない。

「……裕次、聞こえてる？」

『聞こえてるよ』

受話器から聞こえてきたのは美雪の声だった。美雪は相変わらず電話ボックスの外からこちらをのぞき込んでにやにや笑っている。それなのに、なぜ受話器から声が聞こえるのか？

呆けたように見つめていると、また受話器から声が聞こえた。低くて、かすれていて、そして、不愉快な思いをたっぷりとまとった美雪の声。

『おまえを許さない』

「はあ？　なに偉そうに言ってんだよ」

受話器に向かって話している自分に気がついて、そのことがまた腹立たしくて、晴香は受話器を美雪の顔目掛けて投げつけた。アクリル板に当たって跳ね返る。割れるどころか、傷もつかない。

美雪は相変わらず、そのアクリル板の向こうからじっと見つめてくる。

「おまえを許さない。ミーチャの仇だ。おまえもミーチャと同じように……いいや、ミーチャよりもいっぱい苦しんで死ねばいいんだ」

今度はアクリル板を通して聞こえた。その声の鬼気迫る響きに、晴香は柄にもなく怯んでしまう。

こめかみを一筋、汗が流れ落ちた。それを手の甲で拭う。そのとき初めて、電話ボックスの中が異常に暑くなっていることに気がついた。

まるでサウナの中にいるかのようだ。十月の深夜だ。電話ボックスの中だとしても、こんなに暑くなるとは思えない。

「どうしたの？　汗びっしょりじゃない。その汗もすぐに蒸発するから、心配しなくていいよ」

アクリル板越しにそう言って、美雪が笑う。

……蒸発する？　暑さのあまりクラクラしてきた。よろけた晴香の背中が電話機に触れると、ジュッと音がした。

慌てて飛び離れて手をついたアクリル板も、まるで真夏の日向に放置された鉄板のように熱くなっている。一瞬で手のひらが真っ赤になってしまった。

晴香はアクリル板に顔を近づけて、美雪に向かって怒鳴り声で訊ねた。

「おまえ、なにをしたんだよ？」

「さあね。あんたなんか死んじゃえばいいんだ」

その言葉に反応するように、電話ボックスの中の温度はぐんぐん上がっていく。

暑い……暑すぎる……。このままだと蒸し焼きにされてしまう。

晴香は上着を脱ぎ、やけどしないようにそれを手に巻いて扉を押したが、まるで溶接されたようにびくともしない。

「おい、出せよ。ここから出せよ！」

扉を力任せに叩きつづける晴香を見ながら、美雪が作り物のようなきれいな顔で笑っている。その顔には傷ひとつない。旧体育倉庫でさんざん殴ったり蹴ったりしてやったというのに……。

「おまえ、本当に臼庭か？」

美雪はにやにや笑っている。残酷な笑み。圧倒的に強い立場の人間が、哀れな弱者を見下すような笑みだ。美雪がこんな笑い方をしているのを見るのは初めてだ。

電話ボックスのまわりは真っ暗闇のままだ。そこに美雪がポツンと存在している。おかしい。なにかが変だ。

得体の知れない恐怖が晴香を飲み込んでいく。

「あたしを殺すの？」

思いがけず気弱な声が出てしまった。

「そうね。そのつもり。だって、あなたはミーチャを殺したんだもん。報いを受けるべきよ」

「やだよ！　そんなのやだ！　まだ死にたくない！　私はまだ中三なんだよ。まだ人生の楽しいことのほとんどを経験してないんだ。これから先、いろんな経験をして大人になっていくんだから。猫を殺したのは悪かったと思うよ。でも、済んじゃったことはしょうがないじゃないの！　これからそのことを反省しながら生きていくから！この罪を一生背負って生きていくから！　だから許して！」

晴香の身体から流れ出た汗が蒸発して、電話ボックスのアクリル板全体が白く曇っていく。それを上着で拭き取りながら、晴香は美雪に対して訴えつづけた。

美雪が考え込むように視線を落として首を傾げた。言葉が刺さったようだ。

「済んじゃったことか……」

「そうだよ。済んだことだよ。そんなことをいつまでもくよくよ考えてたってダメなんだよ。あたしたちはまだ若いんだから、失敗や間違いを犯すもんなんだよ。その失敗を糧にして成長していくんだって」

晴香が追い打ちをかけると、美雪はゆっくりと顔を上げて、さっきまでとは違う優しい笑みを浮かべた。

わかってもらえた。そう思って扉を押すと、今度はなんの抵抗もなく、あっさり開いた。猛烈な熱気に満ちた電話ボックスの中に、外からひんやりとした新鮮な空気が流れ込んでくる。

　助かった！　臼庭、ちょれえ！

　晴香はこのチャンスを逃すものかと、電話ボックスから素早く飛び出した。

　だがそこは、まだ真っ暗闇の中だった。普通の闇ではないことは晴香にもわかる。自分の足は見えるものの、それが踏みしめている地面も見えないのだ。それどころか、振り返ると、さっきまで自分がいた電話ボックスもなくなっていた。まるで宇宙空間にポツンと存在しているかのようだ。

「あれ？　臼庭はどこ行った？」

　美雪までいなくなっていることに気がついて、ぐるりと周囲を見回すと、暗闇の中に美雪の姿がぼんやりと浮かび上がる。というより、まるで後光が差すように美雪の背後が明るくなっていく。すぐにその光はまぶしいまでに強烈になった。晴香は目を細め、その光がなんなのか確かめようとした。

　光はさらに強く晴香を照らす。と同時に地響きのような音が聞こえてきた。振動が足の裏から這い上がってくる。

「あなたも車にはねられてミーチャと同じ痛みを味わえばいいんだ」

　その光は車のヘッドライトだということがわかった。いつの間にか、晴香は国道の真ん中に立っていた。そして大型トラックがこちらに向かって猛スピードで走ってくる。

運転手はハンドルを両手で握ったまま、目を閉じて頭をゆらゆらと揺らしている。居眠り運転だ。そのくせアクセルは踏み込んでいるのか、制限速度を遙かに超えた猛スピードでこちらに向かってくる。

慌てて路肩のほうに逃げようとしたが、晴香の身体は意思とは無関係に、糸でつり下げられた操り人形のように手を大きく振りながら、光に向かって元気よく歩き始めた。

「な、なに、これ。やめて。臼庭、ごめん。許して！」

光の中で美雪が手招きしながら冷たく言い放つ。

「無理。さあ、こっちへおいで。ミーチャが受けた痛みを味わえ。そして、死んじゃえ。死んじゃえ。死んじゃえ」

「いや。やめてよ！　やめろよ！　おい！　やめろって言ってんだろうが！」

泣き叫びながらも、オモチャの兵隊が行進するように、大きく手を振って、膝を高く上げ、晴香は迫り来るトラックのほうへと歩いて行く。

「いや！　やめて！　助けて！」

晴香は絶叫とともに強烈な光に飲み込まれていく。そのとき、どこかから自分のものとは違う叫び声が聞こえた。

「美雪！　目を覚まして！」

美雪の顔から笑みが消えた。もう一度、声が響く。

「目を覚まして！　お願いよ、美雪！」

美雪の姿が大型トラックのヘッドライトの光に完全に溶け込んでしまう。そのとき、運転手がハッとしたように目を開け、道の真ん中に立っている晴香を見て急ブレーキをかけた。

クラクションの音と、アスファルトの上をタイヤが滑る甲高い音が辺りに長く響き渡る。だが、車体が重すぎて止まることはできない。まったく減速することなく晴香に近づいてくる。

不意に身体に自由が戻ってきたのがわかった。晴香はとっさに横に飛び退いた。だが、ほんの少し遅かった。身体の一部が車体にぶつかり、激痛とともに、勢いよく晴香ははね飛ばされ、その瞬間、痛みから逃れるように意識が途切れた――。

20

「美雪！　目を覚まして！」

十和子は美雪の身体を揺さぶりながら何度も大声で叫んだ。もう大崎の存在を気にしている余裕はなかった。

何度目かの呼びかけに、反応があった。真っ白だった美雪の顔が、紅を差したように血の気を取り戻していく。

瞼がピクピクと動き、長いまつげを靡かせながら美雪が静かに目を開けた。

「美雪……よかった……」

「……お母さん？」

自分がどこにいるのかわからない様子で美雪は周囲を見回し、そこが旧体育倉庫だと気づくと、いきなり子供のように泣きながら十和子にしがみついてきた。

「お母さん、私、怖い夢を見てたの」

「うん、わかった。でも、もう大丈夫よ」

十和子も小さな子供にしてやるように抱きしめて、泣きじゃくる娘の頭を優しく撫でてあげた。

「私……私……クラスメイトの女の子たちを……」

しゃくり上げながら美雪は言う。大崎が聞き耳を立てている。美雪の言葉のその先を、十和子はとっさに遮った。

「そうね。夢だからね。全部夢だから。あなたは悪くないの」

「十和子さん、一応、病院へ連れて行ったほうが」

声を聞いて、美雪はぴたりと泣き止んだ。初めてそこに他人がいることに気づいたようだ。

「先生……?」

涙に濡れた瞳で大崎の姿を捜す。その視線を遮るように、十和子はギュッと強く美雪を抱きしめた。あなたのことは私が絶対に守ってあげる、という思いを込めて……。

21

朝の会のために三年四組の教室の前まで来た大崎昭吾は、扉に手を伸ばそうとして、そのまま動きを止めた。

いつもなら扉の向こうからは生徒たちが騒いだりふざけ合ったりする声がうるさいほどに聞こえてくるはずなのに、今日はまるでそこに誰もいないかのように静まりかえっていた。

そのことに少し憂鬱な思いを抱きながら、大崎は扉に手をかけた。微かに開いた扉の隙間から、重苦しい空気が漂い出てくる。できればこのまま回れ右をして帰りたいぐらいだが、担任である大崎にはそんなことはできない。

はぁ、と大きく息を吐き、肩の力を抜いた。ため息をひとつつく度に不幸になると去年死んだ祖母がよく言っていたが、実際はため息をつくことで身体の緊張をほぐすことができる。それを実践してみたのだ。

それに、そうやって極力ため息をつかないようにしていた祖母だったが、最期は決して幸せなものではなかった。そのことを考えると、また心が乱れてしまう。

生徒たちに暗い顔は見せられない。大崎は無理やり笑顔を作って、勢いよく扉を引き開けた。

「おはよう!」

大声で挨拶をすると、おとなしく自分の席に座っていた生徒たちが、こちらに一斉に視線を向けてきた。私語をしている者はひとりもいない。いつもとはまったく違う光景がそこにはあった。

ぎくしゃくした動きをごまかそうと、大崎は軽くジャンプするようにして教壇に駆け上がり、生徒たちのほうを向いた。

日直が号令をかける。ガタガタと椅子を鳴らしながら全員が立ち上がり、一礼してから座った。

教室の中には生徒たちが詰め込まれていた。その中に三つの空席があった。三田晴香、里中愛梨、北川希実の三人の席だ。

そして、その空席とはまた違った意味で、存在感が際立っている席があった。臼庭美雪の席だ。昨日まではそこも空席だったが、今日は美雪が座っている。旧体育倉庫でのあの出来事があってから一週間、ずっと自宅で療養していて、今日久しぶりに登校してきたのだ。そのことは事前に十和子から電話で連絡を受けていた。

美雪は背筋を伸ばし、その整った顔をまるで挑むようにまっすぐ大崎に向けている。あの日、旧体育倉庫の中で見たときの不安げな表情とはまったく違う。

もともと異質な空気をまとっている少女だったが、今日の美雪はほんの一週間で一気に成長したかのように、いや、まるでなにかに覚醒したかのように顔つきが変わっていた。

半日も旧体育倉庫に閉じ込められていたのだ。その心の傷がオーラのように漂い出ているだけだ。大崎はそう思おうとした。

一週間も休んでいたのだから、美雪について触れるのが自然だと思ったが、どうしても躊躇してしまう。結局、大崎は美雪の話題をスルーして、今週の予定などの連絡事項を事務的に生徒たちに伝えた。

その間も、美雪のまわりだけ、ぽっかりと空間ができているように感じる。生徒たちみんなの心が、明らかに美雪を避けようとしているのだ。

重苦しい空気に耐えられず、朝の会を終えると大崎は逃げるように教室をあとにした。だが、久しぶりに見た美雪の顔が頭から離れない。職員室にいても、授業をしていても、どうしてもあの夜のことを考えてしまう。

一週間前のあの夜、アパートに帰宅して風呂に入ろうとバスタブにお湯を溜めていると、ケータイに電話がかかってきた。知らない番号からだったので、こんな時間に誰だろうと訝しみながら出たら、相手は臼庭美雪の母親だと名乗った。

臼庭十和子とは六月に三者面談で一度だけ会ったことがある。生徒の母親をそういう目で見てはいけないと思いながらも、その美しさに思わず見惚れてしまうほどだった。年齢は大崎よりも十歳ほど上だったが、そんなことはまったく関係ない。それぐらい美人だった。

その十和子から電話がかかってきたので、本当なら胸が躍りそうなものだが、声の調子が切羽詰まったものであることから、不吉な予感が一気に大崎を飲み込んでいった。

「美雪さんになにかありましたか？」

大崎のそんな問いかけに答えて十和子が話した内容は、娘がまだ帰ってきていない。まだ学校にいるような気がする。それは母親の勘だ、というものだった。今から学校に行ってみると言われ、十和子ひとりを行かせるわけにはいかずに、大崎も大急ぎで駆けつけた。

半信半疑で学校内に入ったあとも、十和子はまるで美雪がそこに閉じ込められていることを事前に知っていたかのように、ほぼまっすぐ旧体育倉庫に向かった。そして実際に、その中に美雪は閉じ込められていた。それも母親の勘なのだろうか？　そんなことがあるだろうか？

さらに奇妙なことには、発見したとき、美雪は意識がなかった。眠っているとか、気を失っているとかいった様子ではなかった。呼吸はしていたようだが、それは限りなく死に近い状態に感じられた。確かに暴行されたらしく全身傷だらけだったが、死に至るような傷には見えなかった。

十和子が何度も美雪の名前を呼び、身体を揺さぶりつづけていると、しばらくして美雪は蘇生した、そう、目を覚ましたというより、蘇生したという言葉のほうがしっくりくる様子だった。

美雪は泣きじゃくりながら「怖い夢を見ていた」と言った。だが美雪がその夢の内容を語ろうとすると、十和子が慌てて遮った。美雪も大崎の存在に気づくと、もうその話はしなかった。

そのあとなんとか聞き出したことによると、彼女を閉じ込めたのは三田晴香、里中愛梨、北川希実の例の問題児たちだということだった。

自分の娘が同級生たちに旧体育倉庫に閉じ込められるというひどい目に遭わされたのに、十和子は特に相手の生徒を責めようとはしなかった。それどころか、話がそちらに向かうことを避けようとしているようだった。まるで、なにか疚しいことがあるかのように……。

美雪と十和子のその態度が、なぜだか気になって仕方なかった。

十和子は大ごとにはせずに、美雪をこのまま家に連れ帰る。今夜はとにかく娘をゆっくり休ませてあげたいと言った。母親である十和子がそう言うのであれば、大崎はそれに従うしかない。

だから、なにがあったのかはっきりさせるのは明日にしようと、美雪と十和子を車で家まで送ってやった。その間も、美雪はずっとぼんやりしていた。それぐらい怖い思いをしたのだろうと思うと、担任として心が痛んだ。

十和子と美雪を家まで送り届けて、ようやくアパートに帰り着いた大崎のケータイが、またすぐに鳴った。十和子からだろうかと思って出ると、それは警察からだった。三田晴香がトラックにはねられて大怪我を負い、病院に運ばれたというのだ。

帰り着いたばかりのアパートをすぐにまた飛び出して、大崎は病院に駆けつけたが、面会謝絶で会うことはできなかった。一命は取り留めたが、まだ危険な状態がつづいているということだった。

大崎は警察に事情を聞かれた。なんでも晴香は道路の真ん中に立ち、トラックに向かってきたというのだ。だが直前で気が変わったのか、ギリギリで逃げようとしたために身体の一部を引っかけられる形で弾き飛ばされるだけで済んだので致命傷には至らなかったが、自殺をしようとしたとしか考えられない。担任教師として、なにか思い当たることはないかということだった。

もちろん思い当たることはない。晴香はそんなタイプの少女ではないことだけは確かだ。

一応、翌日、なにか思い悩んでいたことはなかったかと、仲良しの愛梨と希実に訊ねてみようと思っていたが、彼女たちが登校してくることはなかった。

愛梨は自宅の階段から落ちてそのまま玄関のガラス戸を突き破り、全身を切り裂かれて入院していたし、希実は自分の部屋の本棚の下敷きになって病院に運ばれていた。希実もなぜだか全身が傷だらけで、かなり出血していたらしい。ひょっとしたら自傷行為なのではないかと見られているようだ。

その日の放課後、愛梨と希実が入院している病院をふたつ梯子してきた。ふたりとも意識は取り戻していたが、ショック状態で話はできなかった。

ただ、家族の話によると、愛梨は意識不明状態だったときにうわごとのように臼庭美雪の名前を口にし、希実は搬送される救急車の中で一時的に意識を取り戻したときに「臼庭さんにやられた」とはっきりと言ったらしい。

晴香をはねたトラックの運転手も事故の目撃者も、もうひとり髪の長い制服姿の少女が一緒だったと証言していた。

ふたりが大怪我をしたのは、晴香が事故に遭ったのとほぼ同時刻のことだった。そしてそれは、美雪が「怖い夢」を見ていた時刻なのだ。

そんな偶然があるだろうか？

美雪が話そうとした怖い夢の内容を、大崎に聞かれないように十和子が遮ったように感じられることも気になっていた。十和子はなにかを知っていて、大崎に隠しているような気がするのだ。

ひょっとして、三人にひどいことをされた美雪が仕返しをしたのだろうか？　だが、その時間、美雪が旧体育倉庫に閉じ込められていたことは、他ならぬ大崎自身が確認していた。

怪我をした愛梨と希実の家族の証言などがあったために、警察は一応、美雪のアリバイを調べていた。美雪は正直に、旧体育倉庫に閉じ込められていたと話したようだ。念のためにと大崎のもとに、後日また刑事が現れた。もちろん大崎も正直に、あの夜のことを話した。それでもう美雪の疑いは晴れたのだった。

あのとき、確かに旧体育倉庫は外側から南京錠がかけられていた。内側から開けることも、内側から南京錠をかけることもできない。イリュージョンでもあるまいし……。いや、イリュージョンなら、まだいい。タネも仕掛けもあるのだから。それなしに、その時間、美雪が晴香たちの前に現れていたとしたら……。

「それじゃ、まるで生き霊じゃないか」

そう口にしたとたん、全身が粟立った。と同時に、背後に人の気配を感じた。誰かが立っている。

大崎はゆっくりと振り返った。

そこには臼庭美雪が立っていた。思わず姿勢を正すと、太腿が引き出しに当たって大きな音がした。美雪は整った顔に控えめな笑みを浮かべてみせる。大崎はそれを呆然と見上げていた。

「先生、この前はご迷惑をおかけしてすみませんでした」

美雪が頭を下げた。

大崎は右手に総菜パンを持っていることに気がついた。今は昼休みで、職員室の自分の机の前に座り、昼食のパンを食べながら美雪のことを考えていたのだった。

さっきのつぶやきを聞かれただろうか。ごまかすように大崎は言った。

「あ、いや、俺は特に……。で、体調はもういいのか？」

「はい。もうすっかり。しばらく休んでいたので、今朝、先生にご挨拶をと思ったんですけど、職員会議中だったもので……」

「そうか。今日から登校するってお母さんから連絡をもらってたから平気だよ。あんまり他の生徒たちから注目されるのもいやだろうと思って、あえて朝の会では触れなかったんだけど」と大崎は言い訳をした。

「お気遣い、ありがとうございます」

美雪は落ち着いた様子で言った。それで話を終わらせてもいい。だが、晴香たちについて、なにも触れないのはやはり不自然だ。

「美雪を閉じ込めた三人の責任を追及するべきなんだけど……」

「いいんです。もう」

美雪はそう言って表情を曇らせた。その話はしたくないといった様子だ。母親と同じ気持ちなのだろう。

「そうか。それならいいんだ。それに三人とも大怪我をしてて、責任を追及するっていっても難しい状況だからな」

美雪の表情がさらに曇る。やはり触れるべきではなかったかもしれない。

「これからお弁当を食べるんで、これで失礼します」

大崎に頭を下げると、美雪は職員室から出て行った。

どっと疲れた。大きく息を吐いて椅子の背もたれに身体をあずけると、職員室の隅の席に座っていた英語教師の市瀬聡美《いちせさとみ》がおもむろに立ち上がり、こちらに近づいてきた。

大崎と聡美は同い年ということもあり、他の教師たちよりも親しくしていた。よく放課後の職員室で、教師生活の苦労を語り合ったりしたものだ。その分、遠慮なく思ったことを言い合える仲だった。

「大崎先生、どうかしましたか？　顔色が悪いですよ。担任している生徒が三人同時に大怪我をして、いろいろ大変なんじゃないですか」

「ええ、まあ、大変と言えば大変ですけど」

「でも、あの子……」聡美は美雪が出て行った扉のほうに視線を向けて、ぽつりと言った。「なんだか気味が悪いですよね」

「え？」

「すべてに達観しているような……。夢の中に出てくる会ったことがない少女のような……。あ、すみません。教師が生徒のことを気味が悪いなんて言ったらダメですよね。今のは忘れてください。ああ、お腹へっちゃった」

曖昧な笑みを浮かべながらそう言うと、聡美は財布を持って職員室を出て行く。購買部へでも向かうのだろう。

「気味が悪いか……」

そうつぶやいて、大崎は自分が美雪のことを恐れていることを確信した。やっぱり、あの少女は普通ではない。

22

帰りの会が終わり、大崎が教室を出て行く。以前なら一気に喧噪が教室内に満ちたはずだが、今日は違う。みんな無言で帰り支度をしていた。いや、帰り支度をしているふりをしながら、チラチラと美雪の様子を窺っている。

一週間ぶりに登校したら、他の生徒たちの美雪を見る目がすっかり変わっていた。以前のように女子たちが美雪の美しさを妬んだり、男子たちがほのかな恋心を秘めた視線を向けてきたり、といったことはなくなっていた。

ただみんな一様に美雪を恐れ、自分に災いが降りかからないようにと、身体を硬くしているのだった。

それも無理はないと美雪も思う。美雪にひどいことをした晴香たちがあんな目に遭ったのだから……。

大崎は約束を守ってあの日のことを生徒たちには秘密にしてくれていたようだし、

意識を取り戻した愛梨と希実も堅く口をつぐんでいるらしいが、それでも噂は広がるものだ。

だけど、美雪にもあれは信じられない出来事だった。

憎しみの感情と怒りの思いのあまり旧体育倉庫内で気を失った美雪は、夢を見ていた。そう。あのとき、美雪は本当に自分は夢を見ていると信じていたのだ。

夢なのだから、自分の願望を実現してもかまわない。そんな思いから、晴香たち三人をひどい目に遭わせた。

もちろん、たとえ夢の中だとはいっても、まったく平気だったわけではない。罪の意識もあれば、自分の残酷さに恐怖も覚えた。だから目を覚ました瞬間、いや、魂が肉体に戻って、自分を抱きしめてくれている母親の顔を見たとたん、感情が一気にあふれ出て、小さな子供のように泣きじゃくってしまった。

そのときはまだ怖い夢を見ただけだと思っていたが、だんだんとあれは夢ではなかったのだとわかってきた。なぜなら、実際にあの三人は全員病院に運ばれていた。しかも、彼女たちが怪我をしたときの状況は、美雪が夢に見たものとまったく同じだったのだ。

あれが夢ではなくて現実だったなんて……。

普通の中学生なら、そんなことがあるわけがないと笑っておしまいだろうが、美雪は普通ではない。死んだ生き物を生き返らせることができるのだ。それはもう充分に異常なことだ。生き霊になって同級生をひどい目に遭わせるぐらい、あり得る話だった。

愛梨と希実の件はともかく、晴香の事故に関しては目撃者がいた。その目撃者が制服姿の髪の長い少女が一緒だったと話したため、愛梨たちのうわごとを聞いた親の証言などもあり、一応、警察が美雪を訪ねてきた。

事故があった時刻のアリバイを訊ねられたので、美雪は正直に旧体育倉庫に閉じ込められていたと話した。大崎もそう証言してくれたらしい。そうしたら、もうなにも疑われることはない。

愛梨と希実は晴香と一緒になって美雪をいじめていたこともあり、自分たちがたまたま怪我をしたことを美雪のせいにしようとしていると警察は判断したらしい。

女子中学生が自宅の階段を転げ落ちたり、倒れてきた本棚の下敷きになっただけのことだ。愛梨がガラス戸を突き破ったのは家の間取りに問題があったからで、希実の顔や腕が傷だらけだったのも、たまたま落ちてきた本で切れただけだ。紙は意外と切れやすいものだ。

晴香は一番ひどくてトラックにはねられたが、多感な年頃故の衝動的な自殺であり、それもやはり美雪には関与しようはないということははっきりしていた。目撃者の証言は気が動転していただけのことだ。

同時刻に事故が起こったのは偶然で、事件性なしとして、すでに処理は済んでいた。

晴香たちが怪我をしたことに対して、美雪の責任が追及されることはもちろんなかった。美雪が晴香たちに怪我をさせたなんて、そんなことはあり得ないからだ。でも、中学生たちには、そんな常識は通じない。起こり得ないことが起こったからこそ、彼らは怯えている。そして美雪は、今ではクラスで忌み嫌われる存在になってしまった。

「それじゃ、まるで生き霊じゃないか」

昼休みに職員室を訪ねたとき、大崎がつぶやいたひとりごとが耳の奥に不快に蘇ってきた。あれはたぶん美雪のことだ。

そして今、教室の前のほうに四人の少女たちが集まり、ときおり美雪のほうにチラチラと視線を向けながら、怯えた様子でなにかを小声で話している。そんな少女のひとりの唇が「いきりょう」と動いた、ように見えた。四人の少女たちが一斉に美雪に視線を向けた。怯えながらも、好奇心を抑えきれない目の光。

こめかみの辺りが微かに痙攣するような感覚があった。不愉快だ。今までに感じたことがないような腹立ちを覚えた。

少女たちが囲んでいる机の上には、授業が終わったときにしまい忘れたのか、シャーペンが一本置かれていた。

眉間に力を込めると、それはコロコロと転がり、机の端から落ちた。普通の落ち方ではない。まるで弓を思いっきり引き絞って矢を放ったかのように猛烈な勢いで落下した。

悲鳴が上がった。

「どうしたの？」

「うわっ、刺さってる！」

「すごい血だよ！」

少女たちが一斉に立ち上がった。ただひとり、立ち上がることができなかった少女――「生き霊」とつぶやいた少女は、逆に床の上に倒れ込んで、右足を抱えて転げ回る。その足の甲にはシャーペンがしっかりと刺さっていた。

ざまあみろ。心の中で舌を出した自分に気がついて、美雪は戦慄した。同級生の足の甲にシャーペンを突き刺して嘲笑うなんて、どうしてそんなひどいことを……。

罪の意識と後悔の念に襲われながらも、心のどこかで愉快な思いがむずむずと騒ぐ。そのことに戸惑い、大騒ぎしている女子生徒たちを尻目に、美雪はカバンを持って教室を飛び出した。

23

久しぶりに学校に行った帰り道、美雪は教室での出来事を思い返していた。念じただけで、シャーペンが矢のように勢いよく飛んでクラスメイトの足の甲に突き刺さった。

あの夜、旧体育倉庫に閉じ込められている間に見た夢の中では、美雪は念じるだけでどんなことでもできた。愛梨の指を折ったり、本を鳥のように羽ばたかせて希実を襲わせたり、晴香を走ってくるトラックに向かって無理やり歩かせたり……。

あれが夢ではなかったと理解してから美雪は、死んだ生き物を生き返らせるだけではなく、自分にはもっといろんな力があることに気づいてしまった。

視線を道端に向けた。枯れ葉が塀の際に降り積もっている。目を細めて眉間に力を込めると、突風に吹かれたように枯れ葉がいきなり舞い上がった。たまたま近くを通りがかった自転車に乗った女性が、驚いてバランスを崩して倒れてしまった。

美雪はその様子を横目で見ながら足早に通り過ぎた。バス停のベンチの上にジュースの空き缶が置かれている。それを睨みつける。クシャッと小気味よい音をさせて空き缶が縦につぶれた。

美雪の唇に笑みが浮かぶ。

死んだ生き物を生き返らせることができるのは普通ではないとわかっていたが、それは気がついたときにはもう自然にしていたことなので、その他の力が自分にあるとは考えたこともなかった。

思い返してみると、小さかった頃は、もっといろんなことができたような気がする。だけど、そのことはすっかり忘れていた。どうして忘れてしまっていたのか……。力があることを全部忘れてしまうほど、きつく十和子に叱られたことがあったのかもしれない。

その証拠に、美雪がミーチャを生き返らせたことを知ったときに、十和子はそれほど驚いた様子はなかった。「ああ、やっぱり……」とつぶやいて、残念そうにしていただけだ。

あれこれと小さなイタズラをしながら歩いていた美雪の足は、廃校になった小学校の裏にある焼却炉へと向かっていた。十和子がミーチャを燃やしてしまった焼却炉だ。そのことがショックで、美雪はあれからこの場所に来ることができなかった。でも、どうしても試してみたいことがあった。

金網のフェンスに開いた穴をくぐって校内に入り、校舎の裏へまわると、真っ赤な夕焼けに照らされて、焼却炉はポツンとそこに佇んでいた。あの夜、内側から激しく体当たりを繰り返していたミーチャの骸がその中にあるはずだった。

「遅くなってごめんね、ミーチャ。今、出してあげるね」

焼却炉の蓋に手をかけた。ロックされているレバーをまわそうとするが、固くて動かない。まるで何年も開けられたことがなくて、金属が腐食して張り付いてしまっているかのようだ。あの夜、確かに十和子はこの蓋を開け閉めしたはずなのに。

しばらく悪戦苦闘したが、手が痛くなっただけだった。美雪はいったん離れ、手のひらを擦り合わせながら、ため息をついた。

そのとき、背後でざりっと地面が鳴った。美雪は瞬間的に身体を硬くした。声が聞こえた。

「美雪、どうしたの？　こんなところでなにをしてるの？」

十和子の声だ。美雪はほっと息を吐いた。硬直していた身体が一気に弛緩する。驚かされたからというわけでもないが、少しいやな気分になった。

十和子はいつも美雪の行動を把握している。小さかった頃、些細なことで十和子とケンカして家出をしても、いつもすぐに見つけられてしまった。まだ幼くて行動範囲が狭かったからだろうと思っていたが、それだけではないような気がする。

実際につい最近も、旧体育倉庫に閉じ込められていた美雪を見つけてくれた。手がかりなどなにもなかったはずなのに……。まるでずっと監視されているような気がして、美雪は怖くなってしまう。

「ミーチャのお墓を作ってあげようかと思ったの」

そう弁解するように言いながら、ゆっくりと振り返る。夕日に赤く彩られている十和子の顔はゾッとするほど険しい表情を浮かべていた。美雪は思わず息を呑んでしまった。

「本当にそれだけ？」

首を少し傾げるようにしてそう訊ねられると、美雪はもうなにも答えられない。本当は、自分の力に完全に目覚めた美雪は、今度こそ以前と同じ可愛らしいミーチャとして生き返らせることができるのではないかと思っていたのだった。

そんな美雪の頭の中をのぞいたかのように、十和子は言う。

「無理よ。ミーチャは灰も残ってないもの」

「……どうして？」

「全部燃やしたの。なにも残らないぐらい。じゃなきゃ、ミーチャは永遠に憎しみから解放されることはないんだから。死んだものを無理やり生き返らせたって、もとどおりになるわけじゃない。心までは生き返らない。それどころか、恨みを残して死んでたら、その恨みの念ばかりが大きくなっちゃうって言ったよね。美雪もわかってくれたんじゃないの？」

「……うん。わかってるよ。本当にお墓を作ってあげようと思っただけだもん」

後ろめたさから、美雪は顔を背けながら答えた。十和子が、ふう、と大きく息を吐く。

「わかってくれてたならいいの。もうこれ以上、ミーチャを苦しめないであげてね」

やはりすべてお見通しだったというわけか。十和子はいったい何者なのか？　美雪にこんな力があるのだから、十和子に力があっても不思議ではない。今まで考えたこともなかったが、それはすごく自然なことだ。そして、その力は美雪のものよりも、きっとずっと強い。ミーチャを灰も残らないほど完全に燃やしてしまうぐらい……。

美雪は顔を上げて窺うように母を見た。ちょうど雲が太陽の前を通り過ぎていったため、真っ赤な夕日が遮られ、またすぐに十和子の顔を照らす。まるで炎がゆらめいているかのように見えた。

その瞬間、美雪の頭の中になにかがめまぐるしく駆け巡った。心臓が激しく鼓動を刻み、全身にいやな汗が滲み出る。

なに？　この感じはなに？　自分の身体の中で暴れる異様な感情に美雪は当惑した。

封印されていた記憶が、美雪の中で暴れ始める。まるであの夜、ミーチャが焼却炉の中から出せと暴れていたときのように、ドン！　ドン！　ドン！　と断続的に突き上げてきて、忘却という名の蓋が微かに横にずれた。

その奥をのぞき見た美雪の身体が激しく震え出した。そこには炎が激しく燃え盛っていた。燃えているのは人間だ。しかも、まだ生きている。熱さに悲鳴を上げ、地面を転げ回っている。

炎でみるみる焼けただれていくその顔には見覚えがあった。アルバムに貼られた写真。美雪を膝の上に座らせて、うれしそうに笑っている顔。幼稚園の門の前での記念写真。右側に十和子。左側にこの男。美雪の手をつかんで、少し緊張した様子で立っ

ている この顔。

……お父さん。

声に出すことができないつぶやき。

「美雪、どうしたの？」

目の前でそう訊ねる十和子の顔は炎に照らされ、長い髪が渦巻く熱風で掻き乱されている。

美雪は思い出した。自分の目の前で突然燃え上がった父親と、その様子をじっと見つめている母の顔。あのときの十和子の顔は、今と同じように赤く照らされていた。

パン！　と鼻先で手を叩かれたように感じ、美雪の意識が廃校の中へと呼び戻された。実際にはなんの音もしていない。そこは静かで、いつの間にか夕焼けは単なる薄闇へと変わっていた。もちろん火だるまになった父親の姿は、どこにもない。

モノトーンの景色の中に十和子が佇み、美雪をじっと見つめている。美雪はなにも訊ねることはできない。ただ、そこに呆然と立ち尽くすだけだ。

「さあ、帰りましょう。今夜はお鍋にしようか。だいぶ寒くなってきたものね。スーパーに寄っていきましょう。美雪も荷物を持つのを手伝ってね」

いつもの優しい母親の顔に戻ってそう言うと、十和子はくるりと背中を向けて、さっさと歩いて行く。もちろん美雪はそのあとをついていくしかなかった。

24

放課後というには、もうかなり遅い時間だった。夜九時を過ぎて、他の教師たちは全員帰ってしまったが、大崎昭吾だけはまだ職員室に残っていた。テニス部の指導を終えたあと、ようやく小テストの採点に取りかかったために、こんな時間になってしまっていた。それでも、なるべくなら仕事を家に持ち帰りたくなかった。

とにかく早く採点を終えてしまおうと思いながらも、ついつい他のことを考えてしまう。それはもちろん臼庭美雪のことだ。

「はあ……。ダメだ」

小テストの採点がまったく捗らない。あきらめて、大崎は机の上に置かれたデスクトップタイプの大きなパソコンの電源を入れた。

最近、職員室に導入されたものだった。机の上のかなりのスペースを取るので邪魔だという年配の教師もいたが、大崎には自分ではとても買えない高級品を使えることがうれしかった。

特に調べ物をするのが飛躍的に楽になった。インターネットに接続すると、大崎は「夢」「生き霊」「事故」「復讐」と入力し、エンター・キーを押した。

過去に似たような事案はなかったか調べてみようと思ったのだが、ヒットするのはオカルト系の映画や小説のストーリーばかりで、実際にあった出来事としての記録など、ひとつもない。

「まあ、そうだよな」

ひとりつぶやいて、大崎はため息をついた。そして、ふと思いついて、臼庭十和子の勤務先の病院名を検索してみたら、ホームページがヒットした。最近ではどこもかしこもホームページを作る傾向にあった。宣伝効果がかなりあるらしい。

病院の理念や歴史などのページ、病院長のプロフィールページや診療内容についての説明などのページがあり、その他にスタッフの紹介ページがある。数人の看護師が並んで写っている写真の中に、白衣を着た十和子の姿もあった。

若い看護師から年配の看護師まで七人ほどがずらりと並んでいる写真だったが、十和子は一番目を惹く存在だった。

「やっぱり美人だよな」

ついそんな言葉がこぼれてしまう。男なら当然だろう。大崎は椅子の背もたれに身体をあずけて、ぼんやりと十和子の写真を見つめつづける。

小さな瓜実顔の中にアーモンド型の大きな瞳。鼻筋が通り、少し薄めの唇は若干冷たい印象を与えるが、同時に近寄り難い高嶺の花的な高貴さを感じさせる。

「ん？」

大崎は身を乗り出すようにしてパソコンのモニター画面に顔を近づけた。なにかを思い出しそうな気がするのだ。

そういえば、美雪の三者面談で初めて十和子に会ったとき、激しく心が揺れた。それは十和子が美人だからだと思っていたが、それだけではなかったかもしれない。

「俺は彼女を知ってる……」

そうつぶやいてみると、その言葉に引きずり出されるようにして記憶が蘇ってきた。

「あっ、この人って……」

大崎がまだ大学生で、週刊誌の編集部でアルバイトをしていたときのことだ。

奇妙な事故があった。いや、事件だったと今でも思っている。編集部でも事件だと判断したから取材をしたのだ。

ある民家の前でいきなり男性が燃え上がり、焼死したという事件だ。近所の住人の目撃談によると、その男性はなにかトラブルがあったのか妻と揉めていて、男性が妻を突き飛ばした直後、いきなり発火したように見えた、ということだった。

その証言などをもとに、ガソリンなどをかけられて火をつけられた殺人を疑われたが、被害者の身体からは発火性の高い液体などの類いは検出されなかった。つまり自然に発火したということだった。

警察は事件性を否定して捜査を打ち切ったが、そこはしつこい週刊誌、殺人事件の線で取材を続行した。そのときの容疑者、焼死した男性の妻が十和子にそっくりだった。いや、十和子本人だ。少し年齢を重ね、髪型も変わっていたが、間違いない。

大崎自身は直接十和子に取材したことはなかったが、カメラマンが望遠レンズで大量に盗撮してきた彼女の写真を整理させられた。当時からもちろん十和子はハッと目を惹く美人だったので、強く印象に残っていた。

編集部では数ヶ月にわたって取材をつづけたが、結局、発火の原因を突き止めることはできず、犯行方法の仮説さえも立てることができなかったために、その記事はボツになって、世に出ることはなかった。

そういえば、あのとき隠し撮りされた大量の写真の中に、幼い女の子の手を引いている写真も混じっていた。では、あの女の子が臼庭美雪なのか？

当時はなぜあの男がいきなり燃え上がったのかわからなかったが、標本にされていた昆虫がいきなり飛び回ったり、生き霊が復讐してまわったりするのを目の当たりにした今ならわかる気がする。いや、信じることができる。

美雪にそんな力があるのなら、十和子にもあってもおかしくない。そういえば、美雪が旧体育倉庫に閉じ込められていることを、十和子は知っていたようだった。あれもひょっとしたら、なにか不思議な力を使ったのかもしれない。それならあの焼殺事件もたぶん十和子が……。

だとしたら、十和子さんは人殺し……。

そう心の中でつぶやいた大崎の背後で十和子の声が聞こえた気がした。

「先生、私たちのことにはあまり関わらないほうがいいですよ」

驚いて振り向いたが、そこには誰もいない。深夜の学校というのは、いくつになっても不気味なものだ。ひとりでいるのが心細くて、大崎の臆病な心が勝手に囁いただけだ。そうだ。そうに違いない。

自分に言い聞かせながら、大崎はパソコンの電源を落として帰り支度を始めた。

25

学校は針のむしろだった。もう誰も美雪に話しかけないし、視線も向けない。シカトされているわけではない。美雪から話しかければ返事はする。ただしその顔は引きつり、声はうわずっている。

一応笑みは浮かべているが、かなり不自然な笑みだ。美雪のご機嫌を損ねないようにと必死になっているのだ。その様子は、古い物語などで化け物を神と崇め、恐れおののきながら仕える村人たちを彷彿とさせた。

帰りの会で大崎が連絡事項を伝える。そのとき、大崎と何度も目が合った。なにか言いたそうな気配を感じたが、そのあと、結局、話しかけてくることもなく、帰りの会が終わると大崎はさっさと教室を出て行ってしまった。

生き霊……。あの日、昼休みの職員室で大崎がつぶやいた言葉は、やはり美雪のことを指していたのだ。そして、日に日に大崎の態度がよそよそしくなってきていた。以前のように、気さくに話しかけてくれることはもうなかった。

美雪は重いカバンを持って、針のむしろから逃れるように教室をあとにした。

その後ろ姿をクラスメイトたちの視線が追ってくる。そして、美雪が廊下に出てしまうと、教室の中に安堵の気配が満ちるのが感じられた。

誰も美雪のことを生き霊とは呼ばない。もちろん、口パクでもその言葉は口にしない。それぐらい恐れているのだ。生き霊になって同級生たちをひどい目に遭わせるなんて化け物だ。そう、私は化け物。

まるで大きくなっていくネガティブな思いが詰め込まれているかのように、手に持った学生カバンがどんどん重くなっていく。その重いカバンを右手に持って階段を下り、校舎一階の昇降口で下履きに履き替えようと靴箱の蓋を開けると、靴の上に折り畳んだ紙が置かれていた。こんなときに、また告白の手紙だろうか。

読まずに捨ててしまいたくなるが、もしもどこかで待っていると時間と場所が指定されていたら、待ちぼうけを食わせることになってしまう。そんな可哀想なことはできない。いつものようにはっきりと「今は誰ともつきあうつもりはない」と伝えてあげないと。

手紙を手に取り、開いてみた。レポート用紙のような味気ない紙に、黒いボールペンで角張った文字が書かれていた。それを読んだとたん、美雪の口から声がこぼれた。

「なに、これ。どういうこと？　いったい誰が……？」

気がつくと、美雪はその手紙をくしゃくしゃに握りつぶしていた。

26

襖の向こうから規則正しい寝息が聞こえてきた。十和子はもう眠ったらしい。三交代制という不規則な勤務体制のせいか、十和子はいつも寝付きが悪い。今夜も「おやすみ」と言ったあと、しばらく寝返りを繰り返していたが、連勤で疲れていたのか、いつの間にか眠ったようだ。

枕元に置いてあった目覚まし時計を見ると、十二時にはまだ少し時間がある。よかった。間に合いそうだ。ほっとして布団から出た美雪は、音を立てないように気をつけて服を着替えた。

机の引き出しから、小さく折り畳んだ紙を取り出して開く。今日の夕方、学校の靴箱に入っていた手紙だ。一度くしゃくしゃにしてしまったので皺だらけになっていた。

『おまえがクラスメイトたちにしたことについて話がある。今夜、真夜中の12時に平成広場まで来い。来なければ、おまえに変な力があることをおまえの母親の病院で言いふらす。そしたら、おまえの母親は病院にいられなくなるぞ。そんなことになってほしくなければ、必ずひとりで来い。P．S．この手紙のことは誰にも話すな』

いったい誰がこんなものを……。でも、無視するわけにはいかない。自分が気味悪がられるだけならまだいい。でも、母にまで迷惑はかけられない。

そっと玄関のドアを開ける。蝶番がわずかに軋む。普段は気になったこともないのに、心に疚しいことがあるからか、その小さな音がとんでもなく大きな音に聞こえてハラハラする。

家から出ると、美雪は平成広場へと急いだ。夜道も全然怖くない。ミーチャを捜して歩き回ったあの夜とはまったく違う。五分ほどで平成広場に着いた。

平成広場のまわりには民家がないため夜はかなり寂しく、ショッピングモールの建設予定地として更地にされただけなので中には照明はない。道路の街灯の光がかろうじて届くだけで、かなり暗い。だから子供は日が暮れてからは、その中に入って遊んではいけないと学校から注意されていた。

でも、美雪は平気だった。

あの夜以降、美雪は自分は特別だということを強く感じていた。十和子は「夢を見ただけだ」と言っていたが、それが夢でなかったことはもうはっきりしている。

美雪は「生き霊」となって、晴香たちに復讐を果たしたのだ。もちろん罪の意識はあったが、晴香たちはやられても仕方ないことをしたのだから。そして、「夢」の中でできたことは、現実世界でもできるはずだ。その証拠に、美雪のことを「生き霊」と陰口を叩いたクラスメイトの足の甲にシャーペンを突き刺すこともできた。

自分の力に目覚めた今、相手が誰であっても美雪はなにも怖くなかった。

薄暗い平成広場の真ん中に美雪は立った。

中学に進学したときにお祝いとして買ってもらった腕時計を見ると、長針と短針がもうすぐ真上で重なり合うところだった。そろそろ来る頃だ。視線を感じた。誰かが見ているような気がする。

さあ、いったい誰が現れるのか？　美雪が周囲を見回すと、誰かがこちらに向かって歩いてくるのが見えた。それはパジャマの上にカーデガンを羽織った十和子だった。

「お母さん……」

幼い子供のような声がもれた。

「今度はいったいなんなの？　こんな時間にこんな場所に来て、どうするつもり？

仕事で疲れてるのに、あんまり世話を焼かせないでよ」

　十和子がうんざりした様子で言った。それに対して、美雪の声は非難がましくなってしまう。

「どうして？　お母さんはいつも私を監視してるの？」

「それは……。今日のあなたの様子が変だったから、なにか隠し事をしてるんじゃないかと思って気をつけてたのよ。なのに疲れてたから、ちょっとうとうとしちゃって。その間にあなたが出て行っちゃって焦ったわ。で、これはいったいなんのつもりなの？」

「なんでもない。もう帰ろ」

　ひとりで来いと言われていた。十和子がいたら、もう手紙の相手は現れないだろう。それならと、美雪は十和子の横を擦り抜けようとした。

「待ちなさい。それはなに？」

　右手に握りしめていた手紙を十和子に奪われた。

「あっ、ダメ。お母さん、返して」

　十和子は素早く背中を向けて、微かに届く街灯の光で照らして手紙に目を通した。

「なにこれ？　いったい誰がこんなものを……。でも、心配しなくていいのよ。美雪のことはお母さんがどんなことをしても守ってあげるから」

その言葉を聞いた瞬間、不快な寒けが身体を駆け抜けた。目の前に立っている母親を怖いと思った。それは叱られたときの怖さではない。なにか得体の知れない生き物を目の前にしたときの恐怖だ。自分のことはさて置き、そんなふうに感じてしまう。

「どんなことをしても？　相手を焼き殺してでも？」

美雪の声は震えてしまう。十和子はハッとしたように目を見開き、すぐに顔を背けた。その視線の先に回り込むようにして美雪はさらに訊ねた。

「燃やしたの？　お父さんを燃やしたの？　ミーチャを燃やしたのと同じように」

「美雪……。あなた、覚えてるの？」

「思い出したの。ずっと忘れてたけど、ミーチャのことがきっかけで思い出したの。ねえ、お母さんがお父さんを殺したんでしょ？」

十和子はなにも答えない。それが答えだ。美雪は頭を振り、言葉を絞り出した。

「どうして？」

「あの人は、あなたの力を知ってしまったの。それで将来を悲観して、あなたを道連れにして死のうとしたの」

「だから燃やしたの？」

「あなたを守るためには仕方なかったのよ」

「そんな……」

涙にまみれた美雪の言葉に、十和子は毅然と答えた。

「あの人は私にとっては他人。あなたは娘だもの。娘を守るためなら、私はなんだってするわ。だからあなたはなにも心配しなくていいの。さあ、帰るわよ」

十和子は美雪の手をつかんで、道路のほうへと歩き始めた。

「やめて、お母さん。放して」

手を振り払おうとしながらも美雪は力尽くで引きずられていく。

そのとき、いきなり強烈な光がふたりを照らした。まぶしくて美雪と十和子は同時に腕で目を覆った。光はひとつ。バイクのヘッドライトだ。エンジンを吹かす音が猛獣の咆哮のように響く。

バイクは急発進し、まっすぐこちらに向かってくる。アクセルを全開にし、急激に加速しながら近づいてくる。轢き殺すつもりだ。明確な殺意を感じた。話があると手紙には書かれていたが、そんなつもりはないらしい。それなら別にかまわない。

眉間に力を込めると、全身に静電気が溜まってきたように美雪の髪がふわりと広がった。エネルギーが身体の中で暴れ回る。地面に落ちていたいくつもの小石が舞い上がり、竜巻のように渦を巻く。

「美雪、やめなさい！」

叫ぶ十和子を無視して、美雪はさらに力を込めた。

まっすぐ突進してくるバイクを、小石が次々に打ち付ける。そのうちのひとつがヘルメットのシールドを叩き割った。バイクが転倒し、美雪たちの横を火花を散らしながら横滑りした。

少し行ったところでバイクは止まった。倒れたバイクの横で、男がゆっくりと立ち上がった。シールドには蜘蛛の巣のようにヒビが入っていた。それを脱ぎ捨て、地面に叩きつける。

「クソッ！」

忌々しげに唾を吐いたのは髪を金色に染めた若い男だった。どこかで見たことがある。記憶をたどると、すぐにその事件が蘇ってきた。

一学期の最初の頃、授業を受けていると校庭にバイクが入ってきた。エンジンを吹かしながら、八の字に走り回る。大崎を筆頭に、若い男の先生たちが慌てて外に出て行き、捕まえようとしたが、そんな努力を嘲笑うかのようにバイクは走り回りつづけた。

運転している男はヘルメットを被っていなかった。金色の髪を靡かせながら、なにかを大声で叫んでいた。生徒たちはみんな窓際に押し寄せて、バイクと先生たちの追いかけっこを見ていた。そのとき、晴香が窓から身を乗り出すようにして叫んだ。

「裕次！　カッコイイー！」

晴香が卒業生とつきあっているということは、他の生徒たちが噂話をしているのを聞いて知っていた。その男が晴香に自分の力をアピールしに来たのだ。なんでもかなりの問題児で、傷害事件で少年院にも入っていたことがあるということだった。名前は確か、浜野裕次。

そして今、目の前にいるのは、その浜野裕次だった。裕次は革ジャンの内側からなにか黒い筒のようなものを取り出し、それを一振りした。まるで手品のように、それは五十センチほどの長さの棒になった。黒い金属製の警棒——特殊警棒と呼ばれるものだ。

「晴香の仇だ！　この化け物が！　死ね！」

裕次が右手に持った特殊警棒を振り上げながら、美雪に襲いかかってきた。生身の憎悪をぶつけられて、一瞬足がすくみそうになったが、自分の力に目覚めた今、こんな不良など少しも怖くない。

すぐに美雪は裕次を睨みつけた。裕次の動きが止まった。特殊警棒を振り上げたまま、まるでストップモーションのように動かない。

だが、時間は流れている。苦しげに目を細めた裕次のこめかみに血管が浮き上がる。顔面が紅潮し、身体が震え始める。眼球が小刻みに揺れ、裕次が口から泡を吹く。

「美雪！　ダメ！　殺しちゃダメ！」

十和子が叫んだ。一瞬、意識がそちらに向けられ、集中力が途切れた。裕次の身体に自由が戻る。

「この化け物が！」

裕次が叫び、美雪の頭目掛けて、特殊警棒を振り下ろす。

「危ない！」

十和子に横から突き飛ばされ、美雪は砂埃を上げながら地面を転がった。

その美雪の耳に、鈍い音――生理的に受け付けないすごくいやな音が聞こえた。

地面に横たわったままそちらを見ると、十和子が崩れるように倒れ込むところだった。

「お母さん！」

美雪は十和子に這い寄った。十和子の額が割れ、血が流れ出ている。十和子は美雪の身代わりになったのだ。すぐ近くでは、血と髪の毛がついた特殊警棒を手に持った裕次が、放心状態で肩で大きく息をしている。

十和子の額の傷からは、ドクドクと血があふれ出て地面に広がっていく。だが、十和子にはまだ意識があった。虚ろな瞳で、美雪を見つめて言う。

「憎しみに身を委ねちゃダメ。憎しみは憎しみを生むだけなんだから」

確かにそうだ。ミーチャを殺されて憎しみの感情を抱いた美雪が晴香に復讐した。その晴香の復讐のためにこの男――浜野裕次が憎しみに身を委ねて美雪を襲ってきたのだ。もしもここで裕次をやっつければ、そこには新たな憎しみが生まれるだろう。でも……。でも……。でも……。

「でも……」

「私の言うことを聞いて。これ以上、あなたに罪を重ねてほしくないの。お願いよ。約束して……ね」

それだけ言うと、もう自分の使命は終わったというふうに、十和子はゆっくりと瞼を閉じた。身体からすーっと力が抜けていく。と同時に、肌の質感がみるみる変わっていく。そして十和子の身体は死体へと変貌した。

「私のお母さんになんてことを……」

美雪は顔を上げ、裕次を睨みつけた。もうこれ以上罪を重ねるなと十和子に言われたばかりだ。晴香はまだ意識不明で集中治療室に入っているし、愛梨と希実も入院中で、美雪の名前を聞くと錯乱状態に陥るらしい。もちろん罪の意識はあった。でも、十和子のそんな言いつけを守ることなどできそうにない。

さすがの裕次も人を殺してしまったことでしばらく呆然としていたが、頭を激しく振り、自分を鼓舞するように大声を出した。

「俺のせいじゃねえからな。こいつが勝手に自分から飛び込んできたんだ。もとはと言えば、晴香をあんな目に遭わせたおまえが悪いんだ。おまえも殺してやるよ！」

今度こそ美雪を殺そうとして、裕次が特殊警棒を振り上げる。

お母さん、私はどうしたらいいの？

美雪に罪を重ねさせたくない母の気持ちはわかるが、憎しみの感情は止めどなく湧き出てくる。

美雪は襲いかかってくる裕次を睨みつけて眉間に力を込めたが、自分が犠牲になってまで美雪を止めようとした十和子の思いが邪魔をして、力を放出することができない。

「さあ、死ね！」

裕次が特殊警棒を振り上げる。

もうダメだ。美雪は両手で頭を抱えるようにして、身体を丸めた。だが、特殊警棒の衝撃はいつまで経っても襲ってこない。そっと顔を上げると裕次は明るい光に飲み込まれ、その中でまぶしそうに顔を背けていた。

その光は車のヘッドライトだ。ライトをハイビームにした車が、砂埃を上げながら猛スピードでこちらに向かって走ってくる。

ここはフェンスに囲まれた、ただの空き地だ。車が通り抜けることはできない。それなら、その車の目的は……。味方か敵かどちらかだ。そして、どうやら美雪の味方らしい。

車はスピードをさらに上げて、まっすぐ裕次に向かっていく。

「クソッ」

特殊警棒を畳んで革ジャンの内ポケットにしまうと、裕次は倒れていたバイクを起こして飛び乗った。いきなりアクセルを全開にして走り出す。それをワンボックスカーが追いかける。まるでサバンナでチーターを追う象のようだ。スピードではチーターが勝っていても、いざぶつかり合えば勝負にならない。象の圧勝だ。

裕次は広場の中を逃げ回り、結局、名残惜しそうにエンジン音を響かせて、そのまま道路へと飛び出していった。

それを見届けた車はこちらへ向かってきた。そして、すぐ近くで停まると、運転席のドアを開けて男が飛び出してきた。それは大崎だった。

「先生!」

「大丈夫か?」

大崎は美雪に声をかけながらしゃがみ込み、心配そうに十和子をのぞき込んだ。額が割れ、砕けた頭蓋骨とその奥の脳みそのようなものが見えている。

「まさかこんなことになるなんて。どうして十和子さんは……」

そのまま絶句してしまう。

すでに十和子は死んでいた。美雪にもそれははっきりとわかった。顔に血の気はなく、肌の質感も死体のそれだった。一応、念のためといったふうに、大崎は十和子の脈を測り、唇に耳を近づけて呼吸をしていないことを確認した。

「ダメだ。もう亡くなっている」

大崎が青ざめた顔をこちらに向けた。違和感が美雪の頭を過ぎった。こんな時間にこんな場所だ。たまたま通りがかったとは思えない。その疑問を大崎にぶつけた。

「先生はどうしてここに？」

一瞬、言葉に詰まり、大崎は十和子の死体を見下ろした。

「晴香のことで浜野がなにかよからぬことを考えるんじゃないかと思って、あいつのマンションを見張ってたんだ。俺がもう少し早く止めに入っていれば……。とにかく警察に連絡しないと」

大崎がポケットからケータイを取り出し、電話をかけようとする。一瞬、美雪の心に迷いが生じた。でも、そんなものは振り払った。他に選択肢があるわけがない。大崎の手首を美雪はとっさにつかんでいた。

「待ってください」

怪訝そうに大崎がこちらを向く。その目をまっすぐに見つめて美雪は言った。

「警察には連絡しないでください」

美雪はそのあとに言葉をつづけようとした。でも、喉が詰まって、声が出ない。代わりに美雪の耳の奥に、十和子の声が蘇ってくる。

――死んだものを生き返らせちゃダメ。

「わかってる。わかってるよ、お母さん。だけど、私はお母さんに生きててほしいの。だってお母さんがいないと、私はひとりぼっちになっちゃうんだよ。だから、今回だけは……今回だけは許して！」

美雪は十和子の死体に向かって、涙を流しながら叫んだ。

「美雪……おまえ、いったいなにをしようとしてるんだ？」

大崎が禍々しいものを目の前にしたように身体をのけぞらせた。

美雪は十和子を生き返らせようと決意していた。けれど、今までに生き返らせた虫やミーチャとは、比較にならないぐらい大きい。人間を生き返らせるのは簡単ではないことは、まだ試していなくてもわかる。

使うエネルギーもそうだが、いったいどれほどの時間がかかるか。近くに民家はないが、それでも深夜だから音は遠くまで響くだろう。バイクの音や叫び声を聞いて、すでに誰かが通報しているかもしれない。警察か救急車が駆けつけたときにまだ十和子が死んだままだったら、そのまま離れ離れにされてしまい、もう美雪にはチャンスはなくなる。

「先生、家までお母さんを運んでください」

「な……なにを言ってるんだ？　そんなことができるわけないだろ。おまえのお母さんは亡くなったんだ。これは殺人事件なんだぞ。警察に通報しなきゃ」

「私がお母さんを生き返らせます」

大崎が目を見開き、喘ぐようにして声を絞り出す。

「本気で言ってるのか？」

「先生も私の力に気づいてたんじゃないんですか？　お願いします。お母さんを車で家まで運んでください」

「でも……」

「それなら、明日の朝まで時間をください。明日の朝になってお母さんがまだ死んだままだったら、そのときは先生の言うとおりにします」

美雪は涙で濡れた瞳で、じっと大崎を見つめた。大崎の瞳が左右に小刻みに揺れる。そして大崎は大きく息を吐いた。

27

ワンボックスカーの中には、重苦しい空気が詰まっていた。

大崎はまっすぐ前を見つめてハンドルを握り、一言も言葉を発しない。なにかに腹を立てているかのようだ。

後部座席のシートを倒してベッドのようにし、美雪はそこに寝かせた十和子の身体をさすりながら、魂が遠くに行ってしまわないように声をかけつづける。

「お母さん、まだ逝かないで。私をひとりにしないで」

車はすぐにアパートの前に到着した。近所の人に見られたら面倒だ。音を立てないように気をつけて、美雪は大崎に手伝ってもらって十和子を部屋の中へ運んだ。

居間の中央に布団を敷いて、その上に死体を寝かせると、美雪は大崎に言った。

「先生、ありがとうございました。明日の朝、確認しに来てください」

生き返らせるなら新鮮な肉体のほうがいいはずだ。早く復活の作業を始めたい。そういう思いを込めて美雪は大崎を見つめる。

「明日の朝になって、なにも変わってなかったら、警察に連絡して全部話すからな」

大崎は青ざめた顔で、そんな言葉を残して帰っていった。

大崎が本当に信じているのかどうかわからないが、こうやって十和子の死体をアパートまで運んでくれたことには感謝しなくてはならない。

玄関の鍵を閉めて急いで居間に戻ると、美雪は十和子の横に座り、手を握った。それはすでに冷たくなりかけていた。もうこの身体には用はないといったふうに、体温がどんどん逃げていく。

「お母さん、ダメだよ。死んじゃダメだよ」

美雪は十和子の額の傷口に手を当てて、強く祈る。

「お母さん、戻ってきて！　お母さんはもう一度生きられる。だから戻ってきて！　お願い！」

手のひらが温かくなってくる。血が乾き、十和子の額の傷口が塞がっていく。そう、その調子。お母さん、頑張って。だが、十和子の顔は異常なまでに白く、それは死体の色のままだ。

小さな虫なら、すでにおそるおそる羽ばたき始めている頃だが、さすがに人間はそう簡単にいかない。

美雪は十和子に覆い被さるようにしてその身体を抱きしめ、目を閉じた。身体全体から力を放出しながら、声に出して必死に祈る。

「お母さん、戻ってきて。もう一度お母さんは生きられる。生きててほしいの。ねえ、戻ってきて」

そのとき、閉じた瞼の裏に、生き返ったミーチャの姿が浮かんできた。不機嫌そうな顔で敵意を込めた唸り声を上げながら、のっそりと歩き回っている。人懐っこくて可愛らしかった以前の姿とは、似ても似つかない邪悪な佇まい……。

おわあああお。おわあああお。おわあああお。

おまえのしようとしていることは、俺みたいなモンスターをまた産み出すことだ。

そう警告するようにミーチャは恐ろしい声で鳴きながら、十和子の死体とそれに覆い被さる美雪のまわりを歩き回りつづける。

もちろんそれは美雪の頭が作り出した幻覚だ。美雪は頭を振ってそれを払いのけ、自分に言い聞かせる。

「大丈夫だよ。お母さんは大丈夫。いつもの優しい笑顔を見せてくれるんでしょ? わかってるんだから」

美雪はさらに強く十和子にしがみついた。自分の体温を十和子にあげたい。自分の命を半分、母に分けてあげたい。

「お母さん、私をひとりにしないで。お願い。お願いだから」

美雪は必死に祈りつづけた。全身に力を込める。脈拍が上がり、耳鳴りがする。こめかみの辺りの血管がドクンドクンと乱暴に脈打つ。呼吸が苦しい。喉がぜえぜえ鳴る。頭の中が白く霞み、意識がぼんやりしてきた。手足が痺れ、身体が小刻みに痙攣する。苦しい……苦しい……。

お母さん、戻ってきて。また以前のように優しく微笑んで。

心の中で必死に母の復活を祈りながら、美雪は意識を失った。

28

なにか硬いものが軽くぶつかり合う音。水が流れる音。熱い油がはねる音。楽しげな鼻歌。耳に流れ込んでくる聞き慣れた音に、意識が緩やかにとろけていき、美雪は静かに目を開けた。

カーテン越しに光が差し込んできていて、部屋の中はもうぼんやりと明るい。いつの間にか夜が明けたようだ。その薄明るい光の中、美雪は居間に敷かれた布団で眠っていた。昨夜、ここには十和子の死体が横たわっていたはずだ。

「……お母さん？」

美雪は横になったまま、音がするほうに視線を向けた。キッチンから聞こえてくる。それは聞き慣れた朝の音だ。いつも通りの朝がそこにはあった。

キッチンと居間を仕切っている磨りガラスの引き戸に、シルエットが透けて見える。ピンク色のエプロンをつけているのがはっきりとわかる。

美雪は勢いよく身体を起こし、布団から飛び出してキッチンへのガラス戸を横に引き開けた。

味噌汁から立ち上る湯気で蒸れた空気と、卵焼きのおいしそうな匂いが、美雪を迎えてくれた。

「お母さん！」

「どうしたの？　泣きそうな顔をして。また怖い夢でも見たの？」

振り向いた十和子は、いつも通りの優しい笑みを浮かべている。生き返ったミーチャが漂わせていたような邪悪な気配はまったくない。

ミーチャのときは大きな生き物を生き返らせるのが初めてだったから、うまくいかなかっただけだ。失敗を恐れて母を生き返らせることをあきらめなくてよかった。美雪は安堵に胸を撫で下ろした。

「もう朝ご飯ができるから、布団をしまってテーブルを出してちょうだい」

十和子が居間兼食堂である六畳間を目で示した。

「うん。わかった」

美雪はさっきまで自分が寝ていた布団を畳んで押し入れにしまい、折りたたみ式の座卓を出して、それを挟むように座布団をふたつ置いた。

十和子は手際よく料理を座卓に運び、朝食の用意を終えた。

テーブルの上には卵焼きとほうれん草のおひたし、わかめの味噌汁が並んだ。質素だが、美雪の好きなものばかりだ。

ふたりで向かい合って座り、「いただきます」と手を合わせ、美雪は大好物の卵焼きを一切れ、口の中に入れた。一嚙みして、咀嚼する顎の動きが止まった。

味が変だ。塩の固まりを食べているかのように塩辛い。飲み込むのに苦労して、味噌汁を口に含んだが、こちらはまるでただのお湯のようだ。味がまったくしない。

「美雪はほんとに卵焼きが好きね」

笑いながら言い、十和子は卵焼きを自分の口に入れる。そしておいしそうに咀嚼する。

美雪はおそるおそるほうれん草のおひたしに箸を伸ばした。ひとつまみ、口元に運んだが、口の中に入れることはできなかった。明らかに腐っていた。腐敗臭が鼻をつき、さっき無理やり飲み込んだ卵焼きが逆流しそうになった。美雪はおひたしを器に戻し、箸を置いた。

「あら、どうしたの？　今日はあんまり食欲がないの？　確かに昨夜あんなことがあったばかりだから気持ちはわかるけど、しっかり食べないと大きくなれないわよ」

十和子はほうれん草のおひたしをおいしそうに食べている。塩の固まりのような卵焼きも、ただのお湯のような味噌汁も……。

美雪はその様子を見ながら、自分はやはりとんでもないことをしてしまったかもしれないと改めて思った。

そんな美雪の耳元でミーチャの鳴き声が聞こえた、ような気がした。

おわあああお。おわあああお。おわあああお。

29

大崎はいつものように授業をしていた。生徒たちもみな、普段と変わらず退屈そうにこちらを見ている。それ以外の生徒はノートに落書きをしていたり、居眠りをしていたり、それはごく普通の、本当にありふれた平和な日常だった。

ただ、大崎の心は落ち着かない。視線を感じてそちらを見ると、美雪が背筋を伸ばして椅子に座り、こちらをじっと見つめていた。

中学生にしては大人びた顔立ち。美人の原石のような整った顔をしている。そしてその顔はあと十数年もすれば、十和子とそっくりになりそうだ。そう、臼庭十和子……。死者の世界から生き返ってきた女……。

一週間前のあの夜、どうしてあんな申し出を受け入れたのか？　殺人事件を目の当たりにしたのに、警察へ通報せずに、その死体を生き返らせるために自宅まで運ぶ手伝いをするなんて。

もちろんそれは法律違反であり、常識にも反している。正義マンである大崎がそんなことに協力するなど、自分でも信じられないことだった。

あのとき、確かに十和子は死んでいた。頭蓋骨が砕け、その中のものが見えてしまっていたし、呼吸も脈もなかった。

美雪が十和子を生き返らせると言ったとき、それを全面的に信じたわけではなかった。標本のセミが飛び回るのとは比べものにならないぐらい異常なことなのだ。でも、大崎は断ることはできなかった。

そして翌朝、大崎は美雪のアパートへ確認しに行った。呼び鈴を押すと、すぐにドアが開いた。そこには十和子が立っていた。

「あら、先生。おはようございます。今日はいったいどうされたんですか?」

十和子は不思議そうに言った。前夜には無残に裂けていた額は、まるでゆで卵のようにつるんとしたきれいな肌に戻っていた。

昨夜のことは全部夢だったのだろうか? 十和子が死んだことも、その死体を運んだことも、全部夢だったのではないだろうか。それなら生徒の家をこんなに朝早く訪問するのは非常識すぎることだった。

どう言えばいいだろうかと困りながら視線を下に落とすと、玄関のたたきに置かれた美雪のものらしき白いスニーカーが血で汚れていた。それは十和子の死体を運んだときに、額の傷口から流れ出た血に違いない。

大崎は確信した。昨夜のことは夢ではなかった。十和子が死んだことも。そして、十和子が生き返ったことも。

「先生、おはようございます」

部屋の奥から美雪が出てきて挨拶をした。そのまま十和子を廊下の奥へと押しやる。

「先生は私に用があるの。お母さんはあっちへ行ってて」

「えっ、なによ。親を邪魔者扱いして。内緒話があるのね？　はいはい、わかったわよ。じゃあ、先生、うちの子をよろしくお願いしますね」

文句を言いながらも十和子はどこかうれしそうだった。娘が自分に秘密を持とうとするのが、成長の証だと思っているかのようだ。

十和子が奥の部屋に消えると、美雪はまたいつもと同じクールな無表情を大崎に向けた。だが、その無表情の中に、なにか複雑な感情が込められていることがわかった。

　大崎は確認するように言った。

「美雪が言ってたことは本当だったんだな」

「……はい。でも、このことは秘密にしておいてください。お願いします」

　もちろん誰かに言うわけにはいかない。大崎も片棒を担いでしまっていたし、どう せ話しても誰も信じないだろう。ふざけるなと腹を立てるか、教師は激務なんだなと 心配をしてくれるか、そのどちらかだ。

「浜野のことはどうする？　あいつは殺人を犯したんだぞ」

「お母さんは生きています。なにもなかったんです。誰かを憎むのはよくないとお母 さんも言っていました。生き返った本人には聞いてないですけど、特に罰してほしい とは思っていないはずです」

　確かに、殺人ということで通報したら、どうして十和子が生きているのかと問いた だされてしまう。浜野裕次を罪に問うことはできない。それが十和子の望みだという のなら、大崎がとやかく言うことではない。

「わかった。昨夜はなにもなかった。それでいい。だけど、ひとつだけ質問させてく れ」

「なんですか？」

「おまえたち母子《おやこ》はいったい何者なんだ？」

美雪の頬がぴくりと引きつった。一瞬あとに、美雪は小さくかぶりを振った。なにか目の前を飛び回る小さな虫を追い払うかのような動き。それだけだった。

「そろそろ学校に行く支度をしないと」

美雪が小さな声で言い、大崎はそれに応えた。

「うん。そうだな。また学校で」

「はい。また学校で」

その日、いつもと同じように美雪は登校してきたが、十和子についてふたりの間で言葉が交わされることは、それ以降一度もなかった。

ただ、授業を受けながら、美雪はなにか話したそうな顔をしている。それでも大崎は、「なにかあったのか？」と訊ねることはできなかった。

それはいきなりタブーと化していたのだ。口にしたとたん、なにかよくないことが起こりそうな、そんなタブー……。

30

帰り道、美雪はスーパーに寄って食材を買った。十和子が作った料理はとても食べられたものではない。だから、あの日以来、食事の用意は美雪の役割になっていた。

「ただいま」

玄関のドアを開けて、部屋の奥に声をかける。

生き返ってきたことによる弊害があるかもしれないからと思って、十和子には仕事はしばらく休むように言ってあった。自分でもなにか感じることがあるのだろう、十和子は美雪の忠告を素直に聞いて、体調が優れないと連絡して病院を休んでいた。だから、家の中にいるはずだ。

まだ充分に日のある時間だったが、カーテンがすべて閉め切ってあるため、部屋の中は薄暗い。

靴を脱いで部屋に上がる。キッチンを通り抜けてガラス戸を開けると、居間の隅の薄闇の中に十和子が座っていた。まるで老婆のように背中を丸めて正座し、長い髪を前に垂らしているので、顔はよく見えない。

「お母さん、身体の調子はどう?」

「うん。平気」

そう答えるが、顔を上げようともしない。生き返った日の朝、十和子は生気に満ちているように見えたが、時間が経つにつれ、どんどん具合が悪そうになってきていた。やはり生き返るのは、肉体にかなり無理がかかるものなのかもしれない。

部屋の中には陰気な空気が充満していた。カーテンを開ければ少しは雰囲気も変わりそうなのだが、十和子はそれをいやがった。

「なんだかまぶしくてね」

そう言っていたが、ただまぶしいだけではないようだ。一度、美雪があまりにも陰気な空気に耐えきれずに「少しは日に当たったほうがいいよ。日に当たるとビタミンDが体内で作られるんだって。心の健康にもいいって話だよ」とテレビで得た知識をひけらかしてカーテンを開けると、ちょうど差し込んできた西日を浴びた十和子は悲鳴を上げて、部屋の奥に逃げ込んでしまった。

驚いて駆け寄り、あやまりながらよく見ると、十和子の腕に水ぶくれができていた。

過去に生き返らせた虫たちは特に日差しを気にした様子はなかったが、そういえばミーチャも生き返ったあとは大好きな日向ぼっこをしようとはしなかった。それどころか昼間は家と塀の隙間とか、薄暗いところで身を潜めるようにしていた。

でも、きっと時間が経てば、十和子は徐々に生きていた頃の体調を取り戻すはずだ。美雪はそう信じていた。そのためには栄養をつけなければいけない。

「お母さん、今日はオムライスを作るからね。お母さんに最初に教えてもらった料理。私の得意メニューなんだ。おいしいよ〜。じゃあ、ちょっとだけ待っててね」

そう十和子に声をかけるとカバンを自分の机の上に置き、制服の上着だけ脱いでエプロンを身に着けた。キッチンへ向かい、夕飯の準備に取りかかる。

ギリギリリ……。キシキシギリ……。

食材をレジ袋から取り出していると、背後から奇妙な音が聞こえた。

キシキシキシ……。キシギリリ……。

背中がむずむずするようないやな音だ。それは居間のほうから聞こえてくる。

ギギギギギ……。キシキシギシ……。

気になって居間をのぞくと、薄暗い部屋の隅に座っている十和子からその音が聞こえてきていた。

十和子の両肩が盛り上がり、膝の上に置いた手がきつく握りしめられていた。力が入りすぎて、身体が小刻みに震えている。

「お母さん、具合が悪いの？」

美雪は夕飯の準備を中断して居間に戻り、十和子の前に膝をつき、長い髪で覆い隠された顔をのぞき込んだ。

ギリギリリ……。キシキシギリ……。キシキシキシ……。キシギリリ……。ギギギギギ……。キシキシギシ……。

奥歯を噛みしめている音だ。

「ねえ、どうしたの？」

美雪が声をかけるが、十和子は顔を上げようとはしない。長い髪の下から、青紫色の顔が微かにのぞいている。

「憎い……憎いの……。ああ、悔しい……。あの金髪の男……。私をこんな目に……。ああ……憎い……憎い……」

十和子は忌々しげにつぶやく。それは十和子の頭を金属製の警棒で殴って死なせた浜野裕次に対する憎悪の言葉だ。

十和子は今まで他人を憎んだりは絶対にしなかった。美雪が裕次を返り討ちにしようとしたときも、憎しみの連鎖の中に身を投げてはいけないと自らを犠牲にして止めてくれたのだ。それなのに今、十和子の口から際限なく憎悪の言葉があふれ出てくる。

ここにいるのは誰？　やっぱり自分は間違ったことをしたのだろうか？

美雪はもうこれ以上声をかけることもできずに、ただおろおろしながら母を見つめていた。

ギリギリリ……。キシキシギリ……。キシキシキシ……。キシギリリ……。ギギギギギ……。キシキシギシギシ……。

「憎い……憎い……憎い……」

十和子はうつむいたまま、呻くようにつぶやきつづける。両手は膝の上できつく握りしめている。身体の奥でなにかが暴れていて、それが飛び出さないように必死に耐えているといった様子だ。

キシリギリリ……。キシギリギリ……。キシ……ギシギシシ……。キシキシキシギリリ……。ギギ……。キシギギギ……。

つぶやきに混じりながら聞こえる、神経を削るような不快すぎるその音に耐えきれず、美雪は両手で耳を塞いだ。

「やめて、お母さん。もうやめて！」

それでも十和子は奥歯を噛みしめたままつぶやきつづける。と、ガチン！　と硬いものが砕ける大きな音がして、十和子のつぶやきが止まった。

なに？　なにがあったの？

声に出すこともできずに、美雪が心の中で訊ねた直後、十和子の口から白いカケラがボロボロといくつかこぼれ落ちて畳の上を転がった。

それは砕けた数本の歯だ。十和子が強く噛みしめすぎて、その力で奥歯が砕けたのだった。

「お母さん……」

前に垂れた長い髪の間から血色の悪い顔をのぞかせて、十和子が低くつぶやくような声で言う。

「だから言ったじゃないの。どうしてあなたは私の言いつけを聞けなかったの？　二度と死んだものを生き返らせちゃダメって言ったでしょ」

「でも……でも、お母さんがいなくなったら私はひとりになっちゃうのよ。そんなの耐えられないもん」

「ほんとにあなたって子は……。ほんとにもう……」

ゆるゆるとかぶりを振り、十和子はまたうつむき、長い髪の下でつぶやき始める。

「憎い……悔しい……憎い……憎い……」

その様子を美雪はただ見つめているしかなかった。

31

今夜最後のテレビニュースが終わった。

普段はめったに観ないニュース番組を最後まで観たが、今日もあの事件について触れられることはなかった。おかしい。いったいどうしたっていうんだ？　犯人が未成年だから、報道に規制が入っているのだろうか？

浜野裕次は不良仲間の阪本《さかもと》が借りているマンションの部屋の中央に、ごろんと仰向けに横たわった。電灯に向けて伸ばした手をしげしげと見る。その手には、確かに頭蓋骨が砕けた手応えが残っていた。あの女は絶対に死んだはずだ。

途中でヘルメットを脱いだため、美雪に顔を見られた。美雪が通っている中学では、卒業生の裕次は有名人だ。きっと美雪も裕次のことを知っているはずだ。当然、警察は裕次を捜していることだろう。

捕まって自由を奪われるのは絶対にいやだった。だから裕次は自分の部屋には帰らずに、隣町のグループとトラブってるから匿ってくれと嘘をついて阪本の部屋に転がり込み、もう一週間、一歩も外に出ずに隠れていたのだった。

最初は「気を遣う必要はねぇよ」と言ってくれていた阪本も、三日目ぐらいからさすがに迷惑そうな顔をするようになり、裕次が部屋にいるのが鬱陶しいのか今夜も飲みに行っている。追い出されるのは時間の問題だ。

こんなことになったのは、もとはと言えば、晴香に聞かされた話が原因だった。

晴香がトラックにはねられた日、裕次の部屋に遊びに来ていた晴香は盛んに言っていた。

「臼庭美雪って女、すげえ気味が悪いんだ。なんか普通じゃない力があるみたいなんだよ。化け物っぽいんだよなあ」

ホラー映画は好きだが、裕次はお化けや超常現象の類いは信じていない。この世で一番怖いのは人間だ。裕次のまわりには、他人に怪我をさせたり痛い思いや苦しい思いをさせることになんの抵抗も感じない人間が何人もいる。ああいうやつらのほうが、化け物よりもよっぽど恐ろしい。

そういう裕次もそっち側の人間だった。お化けが出たらぶっ飛ばしてやる。そう思っていたから、晴香の話を聞いても、なにをまたバカなことを言ってるんだ、とあしらっていた。

だから仲間から、これから家飲みしようと電話がかかってきたら、特になにも考えずに晴香を部屋から追い出した。中学生の女とつきあっていると知られたら、仲間からバカにされると思ったからだ。

それなのに、帰り道の公衆電話から晴香が電話してきた。あのときは、仲間たちに晴香のことがバレそうで焦った。しかも、いきなり「助けて！」と悲鳴のような声で言うので、さっきのつづきで怖がらせようとしているんだなと思ったが、鬼気迫る様子は冗談ではないように感じた。

あのとき晴香は、確かに「臼庭美雪」という名前を口にした。そして晴香は美雪と口論を始めた。だがそれは、すぐに狂ったような絶叫に変わっていった。晴香が電話ボックスから飛び出して行く音が聞こえた。

それでも電話はつながったままだった。

遠くのほうに晴香の悲鳴とクラクションの音。大型トラックらしきエンジン音と、タイヤがアスファルトの上を滑る甲高い音。そして、なにかやわらかくて重いものが電話機のすぐ近くにぶつかる音が聞こえた。それはトラックにはね飛ばされた晴香が電話ボックスにぶつかった音だった。

それらを裕次は、痛くなるぐらいケータイを強く耳に押し当てながら、すべて聞いていたのだ。

晴香になにか大変なことがあった。そのことを知った裕次は、上機嫌で酒を飲んでいる仲間たちをそのままにして、部屋を飛び出して、晴香のもとへバイクを飛ばした。

歩いて帰るつもりだという話を聞いていたので、大体のコースはわかる。しばらく走ると、人だかりができていた。それは晴香がトラックにはねられた現場だった。

国道脇にある電話ボックスの受話器は外れていて、ぶらんと垂れ下がっていた。その電話ボックスのアクリル板が血で汚れていた。トラックにはね飛ばされた晴香がそこにぶつかったのだろう。裕次の耳に、そのときの鈍い音が蘇った。

すでに警察官が大勢来て現場検証をし、目撃者らしき人たちに話を聞いていた。晴香の姿はなかったが、野次馬たちの話を盗み聞くと、すでに救急車で運ばれたらしい。

警察は苦手だったし、酒を飲んでいたので飲酒運転で捕まってしまう。自分が証言しなくても、事故ではなく事件であることと、晴香を道路に突き飛ばした臼庭美雪の存在がすぐに明らかになるだろうと思って、その場を立ち去った。

翌日、晴香の家に電話をかけて確認したところ、晴香は一命は取り留めたものの意識不明で集中治療室に入れられているということだった。しかも、警察は自殺未遂として処理しようとしているという話だった。

そんなはずはない。晴香は臼庭美雪によって、トラックの前に突き飛ばされたのだ。そのときのやりとりを裕次は全部聞いていたのだから間違いない。

仕方なく匿名で警察に電話をかけて、晴香が道路に飛び出したのは自殺しようとしたのではなく、同じクラスの臼庭美雪という女に突き飛ばされたからだと訴えたが、相手にされなかった。

後日、中学の後輩から仕入れた話によると、美雪は一応、警察にアリバイを訊ねられたらしいが、その時間は当の晴香によって旧体育倉庫の中に閉じ込められていて、完全なアリバイがあったという話だった。

さらに奇妙なことには、晴香と仲のいい愛梨と希実も、ほぼ同時刻に事故で大怪我を負っていた。ふたりともなにかをひどく恐れていて、事故のときの様子を詳しく話そうとはしないそうなのだが、なんだか怪しい。

もちろん、そちらも美雪には完全なアリバイがあった。絶対に現れることができない場所に美雪は現れた。つまりそれは生き霊というやつだ。そしてその生き霊が晴香を襲ったのだ。

「なんか普通じゃない力があるみたいなんだよ。化け物っぽいんだよなあ」と晴香が話していたのは本当のことだったのだと、オカルト話に興味のない裕次も信じないわけにはいかなかった。

生き霊が相手なら、警察はなにもできないだろう。それなら俺が晴香の仇を取ってやる。武闘派の不良として名前が知られた裕次にとっては、それはごく当然の選択肢だった。

その日から、襲うチャンスを狙ったが、美雪は学校が終わればまっすぐに帰宅してしまう。さすがに昼日中、人通りの多い道で襲うわけにはいかない。どうしたものかと考えて、母親をだしに使うことを思いついた。

母子家庭で母親思いのいい子ちゃんだと晴香から聞かされていたので、あいつがやったことが母親に迷惑をかけることになると脅せば呼び出しに応じるだろうと考えたのだ。

授業中の学校に忍び込み、勝手知ったる母校の靴箱に手紙を入れて呼び出すと、美雪は本当に夜中にひとりでのこのこ平成広場までやってきた。さすがに生き霊となってクラスメイトを半殺しにするだけあって肝が据わっている。

暗闇に潜んで、近づいてくる美雪を見ていると、背中がぞわぞわするような感覚があった。それは恐怖心だった。この俺が中三の女子にビビってるなんて……。そのことが悔しくて、裕次はバイクでいきなり美雪に襲いかかろうとしたが、そのとき、美雪のあとを追うようにして母親——十和子が現れた。

意外な展開に、飛び出すタイミングを逃してしまった。

会話の内容はわからないが、ふたりはなにか揉めているようだった。そして、十和子は美雪の手を引いて、無理やり立ち去ろうとした。

このまま逃がしてたまるか。裕次は暗闇の中から美雪に向けてバイクを急発進させた。美雪を轢き殺してやるつもりだったのだ。

そのとき、奇妙なことが起こった。地面に転がっていた小石が一斉に裕次に襲いかかったのだ。全身を石で打たれ、ヘルメットのシールドに蜘蛛の巣状のヒビが入った。いくら石が当たったといっても、あんなふうになるものだろうか？　聞いたこともない。

シールドを上げようとしても動かなくなっていて、視界を完全に塞がれた裕次はヘルメットを脱がざるを得なくなった。正体を晒すのは抵抗があったが、仕方ない。ただし、ヘルメットを脱ぐことで、絶対に殺してしまわなければいけないと決意を新たにした。

それに、今の石つぶてで裕次は確信した。晴香は美雪にやられたのだ。間違いない。もう化け物を殺すことに対して躊躇はなかった。裕次は革ジャンの内ポケットに用意していた特殊警棒を振りかざして美雪に襲いかかった。

「晴香の仇だ！　死ね！」

なぜだか今度は石が飛んでくることはなかった。

美雪の頭を狙って振り下ろした特殊警棒だったが、十和子が美雪を突き飛ばし、裕次の前に立ちはだかった。そのため、特殊警棒は十和子の頭を直撃した。頭蓋骨が砕ける手応えがあった。十和子はその場に倒れ込んだ。顔を見られたからには十和子も殺さなければいけないと思っていたので、特に問題はない。

今度は美雪だ。そう思って、もう一度襲いかかろうとしたとき、邪魔が入った。一台の車がライトをハイビームにしながらこっちへ突進してきたのだ。美雪の味方だろうか？　とっさのことに、どう対処してよいかわからなかった。

相手が誰だか、車の中に何人乗っているかもわからない。立ち向かうには分が悪すぎる。あともう少しだったが、仕方なくその場から逃げることにした。

十和子はたぶん即死だろうが、まだ、美雪への復讐は果たしていない。このまま捕まったら最悪だ。だからそれ以降、友達の家に匿ってもらい、あの事件についてなにか報道されないかとニュースを全部チェックしていたのだった。

確かに特殊警棒で十和子の頭を叩き割った感触がこの手にはっきりと残っているのに、事件にはなっていない。警察も来ない。いったいどうなってるんだ？

一週間が経ち、こんな引きこもり生活も限界だ。やっぱり阪本と合流して酒を飲もうか。そう思ってケータイに手を伸ばした。

登録してあった番号を選んで電話をかけた。耳に押し当ててつながるのを待つが、なんの音もしない。

「なんだ？　電話を止められたのか？」

電話料金はちゃんと払っていたはずだ。金には困っていない。バカな年寄りたちを騙して金を巻き上げていた。あいつらが貯め込んでいる死に金を代わりに使って、日本経済を活性化させてやっているのだ。罪の意識などまったくなかった。

もう一度かけ直してみたが、やはりなんの音もしない。やっぱりダメだ。故障だろうかとあきらめかけたとき、なにかが微かに聞こえた。

「なんだ？」

ケータイを強く耳に押し当てた。なにか言っている。混線しているらしい。いや、固定電話ならともかく、ケータイで混線などするだろうか？

『……く……。……くい……。に……い……』

女の声だ。他人の会話を盗み聞きするような気分で、裕次は耳を澄ました。そのとき、いきなり大音量で声が耳の奥まで飛び込んできた。

『憎い！　憎い！　憎い！』

慌ててケータイを遠ざけて、裕次は文句を言った。

「な、なんだよ。驚かせやがって。……は？　え？　ちょっ……」

ケータイの感触が変だ。妙にやわらかく、温かい。まるで産毛の生えた子犬の腹を触っているような感触だ。と思うとケータイがダリの描く時計のようにぐにゃりととろけた。

「うわっ……」

思わず放り投げたケータイは、ボトッと重たげな音をさせて床に落ちた。と思うと、もぞもぞと動き始めた。

「な……なんなんだよ、こいつ」

裕次は床に転がっていた特殊警棒を手に取って一振りした。カシャッという硬い音をさせて、五十センチほどに伸びる。

ケータイが気味の悪い動きで裕次のほうへ這い寄ってくる。全身が総毛立つような嫌悪感に急かされて、裕次は振り上げた特殊警棒を力いっぱい叩きつけた。水風船が破裂するように、中から真っ赤な液体が飛び散った。

ゾッとする光景に、裕次は〝返り血〟を浴びた顔で呆然とケータイの死体——残骸を見下ろしていた。

耳元で囁き声が聞こえた。

「あ〜あ、なんて乱暴な子なんだろうね」

突き飛ばされるようにして飛び退き、裕次は声のしたほうを見た。そこにはさっきまで裕次がその生死を気にしていた女——十和子が立っていた。

「お、おまえ、どうやって入ったんだ？　それより、死んでなかったのか？」

壁に張り付くように背中を押しつけたまま、裕次が訊ねた。

十和子は長い髪を前に垂らし、その下から青白い顔をのぞかせている。血の気のない唇が微かに動き、ひび割れた声が絞り出される。

「憎い……。憎い……。おまえが憎くてたまらないの……」

「はあ？　俺はおまえの娘が憎くてたまらねえよ。俺の恋人に大怪我をさせたんだからな」

晴香は今でも面会謝絶状態がつづいている。そのことを思い出すと怒りの感情が蘇り、恐怖心が少し薄れた。

「今度こそ殺してやるよ！」

裕次は特殊警棒を振り上げて十和子に向かって飛びかかり、首筋目掛けて斜めに振り下ろした。

特殊警棒が十和子の身体に食い込む。鈍い手応え。まるで大きな粘土の塊を叩いたような感触だ。もちろん十和子は特に表情を変えない。

「憎いの……。私をこんなふうにしたおまえが憎い……。憎い……。憎い……」

つぶやきながらゆっくりとこちらに近づいてくる。

「やめろ！　来るな！」

近づいてくる十和子に向かって、とっさに特殊警棒を突き出した。先端が数センチ、十和子の右目に突き刺さる。血の涙が十和子の頬を流れ落ちた。

「ざまあみろ、化け物め！」

裕次は勝ち誇ったように言った。

動きを止めた十和子だったが、目に特殊警棒が突き刺さった状態でも、特に痛みも感じないようで、悲鳴を上げようともしない。

逆に悲鳴を上げたのは裕次だった。なにかが足下から這い上がってくる不快感に驚いて声が出てしまった。よく見ると、それは女子生徒の制服の紐リボンのようだ。晴香のものだろうか？　でも、どうしてここに……。

いや、そんなことは問題ではない。その紐リボンはまるで蛇のように裕次の身体を這い上がってくるのだ。

払いのけようとしたが、紐リボンは巧みに裕次の手をかわして身体を這い上がり、しゅるしゅると首に巻き付いた。

と思ったときには、きつく締め付けてくる。気道が塞がり、呼吸ができない。その苦しさから逃れようと、裕次は喉を掻きむしりながら畳の上を転がった。

不意に頭のほうが浮き上がる。と思うと、首に巻き付いたままの紐リボンのもう一方の端が、裕次を引きずるようにして壁を這い上がっていき、洋服をかけるためのフックにきつく巻き付く。

すでに宙に浮いてしまっていた裕次の足は、必死に空《くう》を、そして壁を蹴りつづける。

その正面に立った十和子は自分の目に突き刺さった特殊警棒を引き抜き、それを畳に突き立てた。長い髪の下からのぞく、つぶれていないほうの目が、じっと裕次に向けられている。

それは微かに恍惚の気配を漂わせている。自分の憎む相手が苦しみながら死んでいくのを見て楽しんでいるのだ。

そのことに抗議したい思いがあったが、結局、裕次はなにも言葉を発することもできずに、そのままだらりと手足を垂らした。ピクンピクンと身体が動いているのは、もう自分の意思でもなんでもない。生命が事切れる直前の、ただの一過程でしかなかった。

その数秒後、そこに吊されているのは裕次の空っぽの肉体だけになった。

「憎い……。悔しい……。ああ……憎い……ああ……」

十和子の口からは際限なく言葉がもれつづける。復讐を果たしたはずなのに、憎しみの感情は一向に薄れることなく、十和子の身体の中でますます激しく暴れ回っていた。

32

授業を受けていても美雪の心は落ち着かなかった。

今朝、目を覚ますと、隣の部屋に十和子の姿はなかった。風呂場や押し入れの中など、狭いアパートの部屋の中を隈なく捜したが、どこにもいない。

外はもう明るくなっていた。生き返ってからは太陽の光に当たることをいやがるようになっていたので、朝の散歩に行っているとは考えられない。夜の間に出かけていき、今はどこか暗い場所で身を潜めているはずだ。その姿を想像すると、痛々しくて、可哀想で、美雪は居ても立ってもいられなくなる。

ミーチャのときのことを参考にして、学校に来る前に、近くの廃屋など、暗くて身を隠しやすい場所はいくつか見て回ったが、十和子を見つけることはできなかった。今も心配で心配でたまらない。

椅子が鳴る音でハッとすると、みんなが一斉に立ち上がるところだった。どうやら授業が終わったようだ。慌てて美雪も立ち上がり、担当教師に一礼した。

そのまま十分間の休憩に入る。次の授業の準備をする者はほとんどおらず、みんなが無駄話を始めて教室内が喧噪に包まれた。でも、クラスメイトたちは美雪を恐れて距離を取っている。話しかけてくる者は誰もいないのは好都合だ。美雪はまた自分の席に腰を下ろし、十和子の行方について考え始めた。

……自殺。

不意に耳に流れ込んできた不穏な言葉に反応して、美雪は何気なく顔を上げた。声のしたほうを見ると、隣のクラスの問題児である秀島洋二《ひでしまようじ》の姿があり、そのまわりに美雪のクラスの不良っぽい男子生徒たちが群がっていた。晴香たちがいたら、きっと彼女たちも一緒になって盛り上がっていただろうという面子だ。

男子生徒のひとりが興奮した口調で秀島に訊ねる。

「その話、マジかよ？　浜野先輩が自殺するなんてあり得ねえよ」

浜野先輩？　浜野裕次が自殺？　心臓がドクンと跳ねる。美雪は必死に平静を装いながら、秀島が話し始めるのを待った。

秀島は典型的な小判鮫タイプの不良だ。いつも年上の不良たちにくっついて歩き、その威を借りて同級生たちには威張っている。そのため上級生や卒業生の情報は逐一入ってくるらしい。

秀島はもったいぶった様子でまわりの生徒たちの顔をぐるりと眺め回してから話し始めた。

「今朝、阪本先輩から連絡があったんだよ。ここ一週間ぐらい、浜野先輩は阪本先輩のマンションに泊まってたらしいんだけど、阪本先輩が酒を飲んで夜中に帰ってきたら、浜野先輩が部屋の中で首を吊って死んでたんだって。浜野先輩は三田晴香とつきあってただろ？　あいつ、大怪我をして意識不明のままだから、それにショックを受けたんじゃないかな。浜野先輩が首を吊るのに使ったのは、三田の制服のリボンじゃないかって話だし」

そういえば旧体育倉庫で後ろ手に縛られたときの紐リボンはどうしたっけ？　あのまま置いてきたはずだ。美雪がそんなことを考えていると、秀島の声が途中からボリュームダウンしていき、聞き取れないぐらいに小さくなった。他の生徒たちが目配せしているのを感じたからだ。

秀島はゆっくりと美雪に視線を向けた。隣のクラスの生徒である秀島は、美雪の存在を忘れていたようだ。三田晴香たちをひどい目に遭わせた生き霊の実体だと噂されている臼庭美雪の存在を……。

「あっ」と短く声をもらすと、秀島は「もう授業が始まっちまうよ」とわざとらしく言って廊下へ飛び出していった。残された生徒たちは、少し緊張した面持ちで自分たちの席に戻った。美雪のご機嫌を損ねて祟られるのを恐れているのだ。

秀島と入れ替わりに、大崎が教室に入ってきた。美雪と目が合うと、なにか言いたそうにしたが、すぐに目を逸らしてしまった。裕次が死んだことが、もう大崎の耳にも入っているのだろう。

すぐに次の授業が始まった。教科書の文字を目で追いながらも、まったくなにも頭に入ってこない。

浜野裕次が自殺した？　そんなことがあるだろうか？　美雪の頭の中に浮かんでくるのは、「悔しい……。憎い……」とつぶやきながら強く噛みしめすぎて奥歯を砕いてしまった十和子の姿だった。裕次の死には、絶対に十和子が絡んでいるはずだ。

他人を憎んだりしてはダメだとあんなに言っていた十和子だったが、美雪がミーチャを生き返らせてしまったときに話してくれた言葉が頭の中に蘇る。

「一度死んで生き返ってきたものは、どうしても恨みの念に支配されてしまうの。その死に方がつらく惨めで苦しいものであればなおさらよ」

だとしたら、今の十和子は憎しみの化身となってしまっているのかもしれない。裕次を死なせただけで、その憎しみが解消されるのかどうか……。美雪にはわからない。

もしも満たされないとしたら、十和子は今度はいったい誰に憎悪の思いを募らせているのだろうか？

ダメだ。ひとりではとても受け止めきれない。美雪は何気なく顔を上げた。黒板の前に立って授業をしている大崎と目が合った。顔を上げる前から、大崎は美雪を見ていた。

大崎はあの日、十和子の死体を家まで運んでくれた。つまりその時点で、もう美雪と共犯なのだ。そして大崎は、十和子と美雪以外に、蘇りについて知っているただひとりの人間だ。

やはり大崎しか頼れる人はいない。いや、大崎に頼りたい。まだこんな状況になる前に、少しは憧れの感情を持っていた美雪はそう思った。

授業が終わり、教室を出て行く大崎を、美雪は追いかけた。

33

大崎は日の暮れかけたグラウンドの端に立ち、自分が顧問を務めるテニス部の練習をぼんやりと眺めていた。男子も女子も、ただ無心にボールを追って走り回っている。他のことなどなにも考えることなく、テニスに集中している生徒たちが羨ましかった。

大崎の頭の中には様々な出来事が渦を巻いていた。しかもそのどれもが不吉で、邪悪で、重苦しい……。

授業が終わったあと、美雪が駆け寄ってきた。深刻な表情で、話があると言う。美雪は死んだ母親を生き返らせた少女だ。不吉な予感がしたし、聞きたくない思いもあったが、自分が担任するクラスの生徒でもある美雪を突き放すことはできなかった。それに、大崎にはその話を聞く責任がある。

他の生徒や教師に聞かれるとまずい。昼休みに大崎と美雪は少し時間をずらして、立ち入り禁止になっている屋上で待ち合わせた。

大崎が職員室からこっそり持ち出した鍵を使って先に屋上に出て待っていると、そこに現れた美雪は「全部話しますから聞いてください」と前置きしてから、自分の不思議な力について話し始めた。

それはどれもが大崎が推測していたとおりのものだったが、同時にとても信じられないことだった。

生まれつき自分に備わっていた不思議な力——死んだ生き物を生き返らせることができたことについて。可愛がっていた猫を晴香たちに殺されて、初めて虫以外の生き物を生き返らせた話。そのことが十和子にバレて、その猫を焼却炉で燃やされてしまった話。殺された猫の復讐を夢の中で果たしたら、現実に晴香たちが大怪我をしていた話。二度と死んだものを生き返らせてはいけないと言われていたのに、その言いつけを破って生き返らせた十和子の様子が日に日におかしくなっていった話……。クールな印象の少女だったが、ひとりで背負い込むにはその荷物は重すぎたのだろう、涙を浮かべながら話しつづける。

そして、昨夜から十和子がいなくなってしまい、浜野裕次の死に関わっているような気がするという話を聞いたとき、思わず大崎は反論した。

「あの十和子さんがそんなことをするとは思えない。自分を犠牲にして君を助けた十和子さんが……」

すると美雪は悲しげにかぶりを振った。

「一度死んで生き返ってきたものは、どうしても恨みの念に支配されてしまう。その死に方がつらく惨めで苦しいものであればなおさらだって、お母さんが言ってたんです。だからもう二度と死んだものを生き返らせちゃいけないって……。でも私がその言いつけを破ったから……」

美雪が十和子の仕業だと思うのは、生き返ってきてからの十和子の様子をずっと見ていたからだろう。

美雪が裕次を殺そうとしたのを止めたのは十和子だ。憎しみは新たな憎しみを生むだけだ、と言って自分が犠牲になった。それなのに……。ギリギリと奥歯を噛みしめて憎しみの心と必死に戦っていた十和子。その心の葛藤の行き着いた先が、砕けた歯だったのかもしれない。

十和子の憎しみは、自分を死に追いやった浜野裕次を殺すことで昇華されたのだろうか？　それで十和子の憎悪が消えたのだろうか？　そんな簡単なものではないような気がする。

きっと十和子は次の憎しみの対象を見つけ、その思いを果たすことだろう。

カチカチとなにか硬いものがぶつかり合う音が聞こえる。いったいなんの音だ？

周囲を見回して、音の発生源に気がついた。それは大崎の歯がぶつかり合っている音だ。顎が震えている。いや、顎だけではない。膝も指も、体中が小刻みに震えている。

大きな恐怖が、黒い雨雲のように大崎の身体にのしかかってくる。次に十和子が憎悪の感情を向ける相手は自分だという思いに、身体の震えが止まらない。

「先生！　危ない！」

女子生徒の甲高い叫び声に、全身の血管が一気に収縮する。ハッとして、そちらに顔を向けると同時に、黄色い物体が猛烈な勢いで近づいてくるのが見えた。

とっさに身体をのけぞらせると、それは大崎の頬をかすめて後方へと飛んでいった。ほんの少し頬が熱を持った。

「先生、大丈夫ですかッ？　すみませんでした！」

駆け寄ってきた生徒が、泣きそうになりながらあやまった。

ようやくなにが起こったのかわかった。練習中に生徒が打ったテニスボールが、コートの近くでぼんやりと立っていた大崎のほうに飛んできただけだ。

今は放課後で、大崎は顧問を務めるテニス部の練習に立ち会っていたのだった。

「先生、ほっぺたに血が……」

手で触れると微かに血がついた。ボールがかすったときに切れたらしい。

「おお、平気平気。これぐらいなんでもないよ。俺は反射神経がいいからギリギリかわしたんで。教頭先生だったら直撃を食らって鼻血を出してただろうな。はっはっはっ」

わざと冗談っぽく言って、無理やり笑い声を張り上げた。生徒はほっとしたように肩の力を抜いた。振り返ると、ボールはグラウンドの端のほうまで転がっていく。

「私、取ってきます」

そう言って走り出そうとした生徒を、大崎は呼び止めた。

「あ、いいよ。俺が取ってくる。君は練習をつづけて」

いいんですかと意外そうに訊ねる生徒に背中を向けて、大崎はボールを追って小走りでグラウンドの端のほうへ向かった。

練習中にぼんやりしていたことに対する罪の意識があった。それに、派手に驚いたことに対するバツの悪さもあって、少しひとりになりたかった。

ボールはグラウンドの端の金網の手前で止まっていた。それを拾い上げてテニスコートのほうに戻ろうとしたとき、背後で耳障りな叫び声が響いた。甲高く、ひび割れていて、警戒心を剝き出しにした叫び声。さっき生徒が発した注意を促す叫び声とは比較にならない鬼気迫る叫び声だ。

ゾッとするような感覚に襲われながらそちらを振り返った大崎は、大きく安堵の息を吐いた。叫び声の主はカラスだった。

グラウンドの端にある金網の向こうは、畑や野原が広がっている。もう日が暮れかけて薄暗くなっている空で、カラスは狂ったように鳴きながら何度も旋回を繰り返して、草むらに舞い降り、嘴で地面をつつき、またすぐに飛び立つということを繰り返していた。

気がつくと大崎はその様子を見ながら、テニスボールを形が変わるほど強く握りしめていた。

そうしている間も、カラスは何度も何度も同じ動きで攻撃を繰り返している。その様子はなにかに怯えているようにも見える。

いったいそこになにがいるのか？　このまま確認せずに立ち去ることはできない。大崎はボールを足下にポトンと落とし、金網のフェンスを乗り越えて外に出た。

ふらふらとなにかに導かれるように野原を進むと、大崎に気づいたカラスが辺りの空気を切り裂くように一声甲高く鳴いて、夕暮れ空に舞い上がった。

カラスは忠告するように鳴きながら大崎の頭上を数回旋回してから、遠くのほうへ飛んでいく。その様子からは、ようやくこの状況から抜け出せたというよろこびが感じられた。あとはおまえの責任だからな、と言われているような気がして足がすくむ。

いったいなにが……？　そこになにがいるんだ？

大崎はカラスが攻撃を仕掛けていた辺りへ、ゆっくりと近づいていく。雑草の間、地面になにかが落ちている。枯れ葉だろうか？　それとも木の枝だろうか？　茶色い、小さな、カラカラに乾いたものだ。カラスがそんなに恐れる必要があるものとは思えない。

蛇かトカゲか、なにか得体の知れないグロテスクな生き物がいるのではないかと予想していた大崎は、拍子抜けしてしまった。

だが、次の瞬間、大崎の身体が硬直した。

「……動いた」

その茶色い小さな塊が動いている。それは、なにかとても禍々しい気配を漂わせている。このままますぐに立ち去ったほうがいいと思いながらも、大崎はそれがなんなのか確認しようとのぞき込んでしまう。

「セミ……か」

大崎はぽつりとつぶやいた。もう十月も終わりだというのに、そこにいるのはセミだった。さらに大崎は奇妙なものに気がついた。そのセミの背中に金属製のピンが刺さっていた。それには見覚えがある。

「これはあの標本の……？」

教室の後ろに飾られていた標本のセミを留めていたピンだ。

ということは、これはあの日、いきなり飛び回り、生徒たちがパニックになった標本のセミなのだろうか？

だが、その姿は無残なものだった。羽は根元に少し残っているだけで、さっきのカラスにやられたのか、体も半分ほどは食いちぎられていた。もうセミの残骸と言ってもおかしくない。そんな状態になってもまだ、セミは必死に羽を動かしている。

もちろん、羽はほとんど残っていないので、飛び立つことはできない。飛べないのならと、セミの残骸は地面を這い回り始める。その動きからは声にならない苦痛の悲鳴が聞こえる。

こんな状態になっても、まだ生きている……。いや、これは本当に生きているのだろうか？　もともと標本だったのだ。その時点で、セミは間違いなく死んでいた。それなのに美雪の力で無理やり生き返らされてしまった。そして今、死ぬこともできずに動き回っている。こんなに苦しそうにしながら……。

哀れだ。このまま生かしておくのは可哀想すぎる。

「そんなのは正義じゃない。今、楽にしてやるよ」

正義マンの血が騒ぐ。大崎は顔をしかめながら、地面を這い回るセミの残骸を踏みつけた。カサッと乾いた音がした。まるで枯れ葉を踏みつぶした程度の感触だ。足をどかすと、そこには粉々になった茶色い残骸があるだけだ。

罪の意識はあったが、それ以上に、この哀れな虫を救ってやったという正義の満足感があった。だが、それも一瞬だけの満足だった。

「なっ……なんだ？」

粉々になったセミの残骸は、無数の小さなカケラになりながらも、それでもまだ個々にうごめいていた。

「まだ……生きている……。こいつは、まだ生きている……。無理やり生き返らされたこいつは、ひょっとしてもう死ぬこともできないのか？」

驚いて見下ろしていると、不条理な出来事に腹を立てたような一陣の風がビューッと唸りながら吹きつけた。とっさに大崎は腕で目を庇った。その腕をどけると、粉々になったセミはすべて吹き飛ばされてしまい、あとにはもうなにも残っていなかった。

そのとき、背後で小枝を踏むような音が聞こえ、大崎は勢いよく振り返った。だが、そこには誰もいない。薄暗くなり始めた畑と野原の光景が広がっているだけだ。

34

美雪の心は落ち着かなかった。このあと、大崎が家に来ることになっているのだ。

今日の昼休みに、教室にいるのは居心地が悪いので図書室に行こうと思って廊下を歩いていると、大崎が寄ってきて、まわりを気にしながら小声で囁くように言った。

「大事な話があるんだ。誰かに聞かれたら困るから、今夜、テニス部の練習を終えてから美雪の家に行ってもいいかな？　また屋上を使うのもありなんだけど、昨日、勝手に鍵を持ち出したのを他の先生に見られててさ。また持ち出すのはちょっと難しそうなんだ。それにけっこう込み入った話だから」

その提案に驚いたが、誰かに聞かれたら困る話、学校ではできない話というのは、もちろん十和子のことに違いない。美雪には断るという選択肢はなかった。ひとりで抱え込むことができずに、大崎に自分が持っていた大きな荷物を半分押しつけてしまったのだから。

授業を終えた美雪は先に帰宅して、家の中を入念に掃除した。十和子には特に親しくしている人はいないようで、今まで家に客が来ることはほとんどなかった。美雪もクラスメイトを家に招いたことは一度もない。

それなのに、初めて迎える客が大崎昭吾なのだ。緊張しないほうがおかしい。せめて十和子がいてくれれば……と考えて、美雪は自分の馬鹿さ加減に呆れた。大崎は十和子がいなくなったことに関してなにか話があって来るのだから、十和子がいないのは当然なのだ。

時間が経つのが遅い。なにも手につかないので、ぼんやりとテレビを見ていると、アパートの前に車が停まる音が聞こえた。すぐに呼び鈴が鳴った。ドアを開けると、ジャージ姿の大崎が人目を気にするように玄関の中へ身体を滑り込ませた。

「こんな時間にすまないな。お邪魔するよ」

大崎は勝手知ったる他人の家といったふうに部屋に上がり、あらかじめ美雪が出しておいた座布団に腰を下ろした。

大崎はあの日、十和子の死体を居間に敷いた布団の上まで運んでくれたのだ。そのときの情景が思い出されて、美雪の胸の奥で罪悪感が騒いだ。言いつけを破って十和子を生き返らせてしまったせいで、新たな悲劇が現在進行形で起こっているのだ。

「先生、お母さんのために、わざわざすみません」

座卓を挟んで大崎の前に座ろうとして、お茶を出していなかったことに気がついた。客が来たことがないから、そういうことに気がまわらない。

「あ、すみません。気がつかなくて。今、お茶をいれますね」

慌てて立ち上がってキッチンへ向かおうとした美雪に、大崎が声をかける。

「大丈夫だよ。手ぶらじゃなんだからと思って、缶コーヒーをふたつ買ってきたんだ」

振り返ると、座卓の上にすでにプルタブを開けた缶コーヒーがひとつ置いてあり、大崎も自分の分のプルタブを開けて一口飲んだ。

「気を遣わせてしまってすみません」

コーヒーはあまり得意ではない。でも、もう美雪の分のプルタブを開けてくれているし、大崎の好意を無にはできない。美雪は座卓を挟んで正面に座ると、コーヒーを一口飲んだ。苦い。その思いが顔に出ないように気をつけて、美雪は訊ねた。

「それで、お話って、なんですか？」

「それはもちろん十和子さんのことなんだけど、まだ行方はわからないんだよな？」

大崎が狭い部屋の中を見回すようにして言った。

「はい。今日の帰り道も、一応薄暗い場所を中心に捜してみたし、ひょっとしたら日が暮れてから何気なく帰ってくるかもと思ってたんですけど、今のところはまだ……」

「浜野の件が十和子さんの仕業だとしたら、けっこう遠くまで行ってるから、今頃はまだどこかの廃屋かなんかに姿を隠しているかもしれないな」

傷を負った獣のように暗闇の中で息を潜めている母の姿を思い浮かべて、美雪は涙があふれそうになった。

大崎がつづける。

「それか、次に殺す相手のところに向かっている可能性もあるけど」

「次に殺す相手……？　お母さんは殺人鬼じゃありません」

「でも、浜野だけで終わるとは思えないんだ。なにしろ、一度死んで生き返ってきたものは恨みの念に支配されやすい。それが不本意な死に方であればなおさらだって、十和子さんが言ってたんだろ？」

「それはそうですけど……」

喉が渇いて仕方がなかった。そのことに気づいたらしく大崎が言う。

「もっとコーヒーを飲んだらどうだ？」

「はい」

勧められるまま美雪はコーヒーを飲んだ。苦いが、もう味などわからない。十和子はもっと苦い思いをしているはずだ。

「ところで受験勉強はちゃんとしてるのか？」

いきなり大崎が話題を変えた。

「いえ、最近はちょっと……」

「美雪は真面目な生徒で以前から地道に勉強をしていただろうから、受験だからって特別なことはしなくても大丈夫だと思うけど」

そう言うと、大崎は美雪の学力で行けそうな近隣の高校の評判について話し始めた。あそこは校風が素晴らしいとか、あそこは大学進学に有利だとか、あそこの高校はテニスが強いとか。

相づちを打ちながら聞いていたが、延々とそんな話をつづけられ、徐々に焦れったい思いが大きくなっていく。

「先生」

「なんだ？」

「今は受験のことなんか考えられません。そんなことよりお母さんが心配で」

「そうか。そうだよな。俺も同じだ。十和子さんが次に憎悪の思いを向ける相手は誰なのか、それが気になって仕方ないんだ。大体予想はつくんだけどな」

「えっ。それは誰なんですか？　心当たりがあるなら教えてください」

「そうだな。次の相手は……」

大崎は考え込むように目を伏せた。その大崎の身体が微妙に揺れている。いや、違う。揺れているのは美雪だ。

「先生……」

なにか言おうとしたが、うまく言葉が出てこない。猛烈な眠気が襲ってくる。おかしい。こんなのは初めてだ。

よろけて畳に手をつき、美雪は大崎に視線を向けた。

「先生……私……」

「だいぶ薬が効いてきたみたいだな」

「薬？　ひょっとしてコーヒーの中に？」

苦くて、味がおかしいことには気づかなかった。

「どうして……？」

ぐらりと身体が大きく揺れ、美雪は畳の上に倒れ込んだ。もう身体を起こすことも、目を開けておくこともできない。瞼が重い。ゆっくりと目を閉じると、真っ暗闇の谷底に転落するように美雪は深い眠りの中に落ちていった。

35

学校のグラウンドの真ん中に車を停め、その運転席に大崎は座っていた。

真夜中のこの時間、もう学校に残っている者は誰もいない。明かりもすべて消えていて、学校のまわりには農地や野原しかないので、本当に濃い闇の底にたったひとりで沈んでいるような不安な気持ちになってしまう。

静かだ。耳を澄ますと、ぽたり、ぽたり、と水滴の音が聞こえる。その音がまるで時限爆弾の秒針のように感じられ、大崎の緊張が高まってくる。

緊張に耐えかねて、大崎はカーラジオのスイッチを入れた。

スピーカーからいきなり『ロッキーのテーマ』が流れ出て、車内の空気が一変した。力が湧いてくる。大崎はシートから身体を起こして軽くシャドーボクシングをしてみた。どんな恐怖にも立ち向かえそうだ。

と思っていると、すぐに曲が終わり、ラジオDJが今夜は映画音楽の特集をしているということを話し、次の曲を紹介した。

――次は『禁じられた遊び』のテーマ曲、『愛のロマンス』です。

一瞬、無音になり、ギターソロの哀しげなメロディが流れ始めた。張っていた力が一気に抜けていく。大崎は背もたれに深く身体を沈めて目を閉じた。ゆっくりと呼吸を繰り返し、心を落ち着かせる。

そのとき、背後で声がした。

「先生？」

「おお、目を覚ましたか」

大崎は後部座席のほうに顔を向けた。シートを倒してフラット状態にしたところにブルーシートを敷き、その上に美雪が横たえられていた。美雪は身体の前で手首を縛られ、その上から腕ごと身体を縛られている。それはもちろん大崎がしたことだ。

「ここはどこですか？」

美雪はぼんやりと天井を見上げている。意識が朦朧としているようだ。

「まあ、そう慌てるな。まだ薬が残ってるんじゃないか。全然目を覚まさないから、薬の量が多すぎたんじゃないかって心配したよ」

大崎は助手席の背もたれを前に倒して、できた隙間から後部座席へ移動した。

「薬って？　あっ……。先生、どういうつもりなんですか？　どうしてこんなことを？」

身体を起こそうとして縛られていることに初めて気がついた美雪は、ロープを引きちぎろうと腕に力を込めるが、その程度で切れるものではない。

「暴れても無駄だよ。ここは学校のグラウンドに停めた俺の車の中だ。あんな壁の薄いアパートで大声を出されたら面倒だから、ここまで運ばせてもらったんだ。ここならまわりに民家もないし、少々悲鳴を上げられても問題はないからな。それに一応、ブルーシートを敷いてあるから、血をいっぱい流しても平気だぞ」

「……悲鳴？　……血？」

美雪の声が震えている。可哀想だが、仕方がない。

「おまえも俺のあだ名を知ってるよな？」

「……正義マン」

「そうだ。俺は正しくないことが大嫌いなんだ。それと人間の常識から外れたようなやつもな。世のため人のために、そういうやつは退治しなきゃ気が済まないんだ」

大崎はあらかじめ用意しておいたサバイバルナイフをジャージのポケットから取り出した。以前、キャンプをしたときに使ったものだ。皮の鞘から引き抜くと、暗闇に刃が意外なほどの光を放った。

その光がまぶしかったのか、美雪は目を細めて顔を背けた。

「私を……私を退治するってことですか？」

「そうだ。おまえは危険だ。だけど、おまえはまだ人殺しはしていない。そうそう、まだ伝えてなかったが、さっき、おまえが眠ってる間に連絡があって、晴香が意識を取り戻したそうだ。まだ時間はかかるようだけど、そう遠くないうちに普通に生活できるようになるだろうって話だ」

「三田さん……よかった……」

美雪の目に涙があふれた。自分が置かれた状況も忘れて、同級生の命が助かったことをよろこんでいる。その心の優しさに大崎は呆れてしまう。あんな変な力さえなければ、普通に幸せな人生を送れたかもしれないのに……。

「でも、おまえもいつかは人殺しをするだろう。今ならまだ間に合う。十和子さんのように何人も殺す化け物になる前に、おまえを退治しておけばな」

「……何人も？」

「そうだ。浜野裕次が初めてじゃない。俺は昔、週刊誌の編集部でアルバイトをしていて、そのときに十和子さんが夫……つまりおまえのお父さんを焼き殺した事件の取材を手伝ったんだ。証拠はなにもなかった。可燃性の液体を使った形跡もなかった。警察も怪しみながらも、ごく普通の主婦がなんの仕掛けもなく人を焼き殺すなんてことができるわけがないという常識的な判断で、立件は見送られた。結局、記事もボツになったが、俺は十和子さんがきっとなにかトリックを使ってご主人を焼き殺したに違いないと思っていたんだ」

美雪は特に驚いた様子はない。どうやら知っていたらしい。それなら話は早い。大崎はつづけた。

「実はあの日、浜野がおまえを平成広場に呼び出しているのを俺は知っていた。校内で浜野を見かけてあとを追い、おまえの靴箱に手紙を入れるのを目撃したんだ。浜野が去ったあと、その手紙の内容を確認したが、俺は美雪が浜野に会いに行こうとするのを止めなかった。それどころか、十和子さんに電話をかけて、美雪の様子がおかしいから今夜は目を離さないでいてくれと伝えた。

そのとき十和子さんに、美雪には自分からそんな電話があったことは言わないでほしい。最近は俺のことを煙たく思っているようなので、もしもまたお節介をしたと知ったら学校での指導にも支障をきたしてしまうから、と頼んでおいたんだ。

わざわざ十和子さんに連絡をしたのは、浜野と対決させるためだ。十和子さんが本当に夫殺しの犯人か確認したかったし、そのことによって浜野が焼き殺されればいいと思っていた。あいつはひとり暮らしの老人に身内を装って電話をかけて、金を騙し取っていたんだ。俺の祖母も、浜野じゃないが、同じ手口で騙されて老後の蓄えを全部奪われ、失意のあまり体調を崩して亡くなってしまった。だから浜野に罰を与えたかったんだ。

だけど、十和子さんは浜野を殺さなかった。それどころか憎しみの連鎖を断ち切ろうと、自分が犠牲になるなんて……。それなのに生き返った十和子さんは、憎しみの化身となって浜野に復讐した。十和子さんが次に復讐するとしたら、それはきっと原因の一端を担った俺なんだ」

大崎はナイフを手に持って、美雪のすぐ横まで移動した。美雪の顔が恐怖に引きつる。

「さあ、どうする？　母親の代わりに俺に復讐するか？　十和子さんがおまえのお父さんを殺したように、浜野裕次を殺したように、邪悪な力を使って俺を殺すか？　できるんだろ？　やろうと思えばできるんだろ？　晴香たちをひどい目に遭わせたように、俺をズタボロにしてみろよ！」

大崎はナイフを逆手に握り替えた。

「いや……。できないよ。先生にそんなこと、できないよ」

美雪は泣きながら、首を横に振りつづけるだけで、なにか力を使おうとはしない。

自分の存在は悪であるという思いが、美雪を躊躇わせているのだ。

「それなら、おとなしく死ぬんだな。正義マンが化け物を地獄に送ってやるよ」

大崎はナイフを頭上に振り上げた。

「お母さん！　助けて！」

美雪が叫ぶ。かまわずナイフを振り下ろそうとしたとき、奇妙なことに気がついた。

スピーカーから流れ出る曲のスピードが速くなって甲高いギターの音色が響いたと思うと、今度は急にゆっくりに変わり、低く不気味なギターの音色が車内に満ちる。それを何度か繰り返したあと、プツンと唐突に音楽が消えた。

ＤＪの声も聞こえない。ラジオで五秒間無音がつづくと放送事故扱いになるというが、それ以上の無音がつづく。ラジオのスイッチが切れたのかと思ったが、緑色のランプがついている。

耳を澄ますと、実は完全に無音になったわけではないようだ。なにかが聞こえる。つぶやき声だ。耳障りなガサガサしたノイズに混じって女の声が聞こえる。

——憎い……。ガガガ……おまえが憎い……。おまえのせいで私は……。ガガ……ああ、憎い……ガガガガガ……。

「お母さん？」

美雪がつぶやくように言った。

大崎は窓に顔を近づけて、外に目を凝らした。真っ暗なグラウンドの一部が微かに動いたような気がした。ごく自然に、そこに視線が引き寄せられる。濃い闇の中にもっと濃い闇が浮き上がり、それがこちらに近づいてくる。人間のようだ。

いや、それにしては動きが、そして時間の経過がなんだか変だ。じっと見ているはずなのに、まるで荒い編集で適当につなぎ合わせた映像のように、その人影は断続的に近づいてくる。普通の人間でないことは明らかだ。

「十和子さん……」

大崎は近づいてくる人影をじっと見つめつづけた。

――憎い……憎い……憎い……。

大崎は運転席に戻ってラジオを消そうとしたが、スイッチを切っても、スピーカーからは低いつぶやき声が聞こえてくる。まるでなにかのバグのように繰り返される声。ふと気がつくと、それが複数ダブって聞こえる。ラジオと、そして、すぐ近くから……。

視界の端でなにかが動いた。とっさにそちらを向くと、窓の外から車内をのぞき込んでいる十和子の顔があった。だがそれは大崎が知っている十和子の顔とはずいぶん違っていた。

長い黒髪が突風に煽られたように乱れ、肌は青白く、唇はひび割れ、そして一番違うのは、長い髪の下からのぞく右目が醜くつぶれてしまっていることだ。それは恐怖と同時に哀れみを感じてしまう姿だった。

「憎い……。美雪にひどいことを……。おまえを許さない……」

十和子がそう言ったとたん、車が猛スピードで走り始めた。Gがかかり、大崎の身体が背もたれに強く押しつけられる。慌てて両手を伸ばしてハンドルを握りしめた。スピードが速すぎて視野狭窄が起こる。その視界の端から顔のない生徒たちが大声で笑いながら次々に飛び出してくる。慌ててハンドルを切ると、車体が大きく傾き、横転しそうになる。ギリギリ回避したが、車のスピードは落ちない。目の前に校舎の壁が迫ってくる。内臓がふわっと浮き上がる感覚。

「やめろ！」

とっさに車の外に飛び出そうとドアのインナーハンドルに手を伸ばしそうになって、大崎はハッとした。「ダメだ……」と絶望のつぶやきをもらし、ハンドルを握りしめてきつく目を閉じる。

死を覚悟したが、いつまで経っても車が校舎に激突する衝撃は襲ってこない。ゆっくりと目を開けると、車はさっきと同じ、グラウンドの真ん中に停まっていた。幻覚を見せられていたのだと気がついた。

ほっと息を吐いたのもつかの間、足下でカサカサと音がする。のぞき込むと、暗い車内の、さらに暗い足下全体がうごめいている。と思うと、それは大量のアリだ。競い合うように脚を這い上がってくる。ズボンやTシャツの中にも入り込み、一斉に大崎の身体を噛み始めた。

むず痒さと痛みに大崎は悲鳴を上げて、手足をばたつかせて暴れた。アリを潰そうと脚や腕を力任せにバンバン叩く。だが、潰しても潰してもアリが湧き出してきてきりがない。

これも幻覚に違いない。大崎は目を閉じて、まっすぐ背筋を伸ばして呼吸を整えた。痒さや痛みが、すーっと消えていく。

大丈夫だ。アリなんかいない。ゆっくり目を開けると同時に、地震のように大地が揺れ、グラウンドに亀裂が走る。車がその亀裂に飲み込まれるようにして転落する。

暗い地割れの奥へと転落していく恐怖に、思わず悲鳴を上げてしまう。

その大崎の耳に笑い声が聞こえた。目を開けると、十和子が窓から車内をのぞき込んで、裂けそうなほど口を開けて笑っていた。あの十和子がこんな笑い方をするなんて……。これはもう十和子ではない。

「残念でしたね。俺の頭は単細胞なんだ。幻覚なんかなんでもない。物理的な力じゃないと、全然応えないんですよ！」

シートに張り付くように背中を伸ばし、額から頬にかけて汗を滴らせながら大崎は十和子に向かって叫んだ。

「先生、どうしたんですか？」

後部座席から美雪の声が聞こえた。特に気が動転している様子はない。やはり今のは大崎だけに見える幻覚だったのだ。

「俺をバカにしやがって！　十和子さん、あんたの一番大事なものを台無しにしてやるよ！　守れるもんなら守ってみろよ！」

大崎は十和子にナイフを見せつけるようにして叫んだ。

その瞬間、いきなり運転席側のドアが突風に煽られたように勢いよく開いた。

とっさに大崎は後部座席のほうに逃れた。空いた運転席に、ひんやりとした空気をまといながら十和子がゆっくりとした動作で乗り込んでくる。

「憎い……。憎くてたまらないの……」

「近づくな！　近づいたら、おまえの娘がどうなっても知らないぞ！」

一瞬動きを止めた十和子だったが、その直後、子供が痼癪を起こしたように車が激しく揺れた。今度は美雪も悲鳴を上げている。幻覚ではなさそうだ。ゆっくり……、ゆっくりと十和子が後部座席のほうに移動してくる。

狭い車内に逃げ場はない。もしも美雪を殺したとしても、そのあとすぐに大崎も殺されてしまうだろう。

「わかった。美雪は逃がしてやる。だから許してくれ。あんたらは悪くない。化け物なんかじゃない。俺が悪かった。許してくれ、お願いだ。ほら、これでいいだろ？」

大崎は美雪の身体と手首を縛っていたロープをナイフで切り、ハッチバックドアを開けた。

「さあ、行け！　車から降りるんだ」

「でも、先生が……」

このあと大崎が十和子に嬲り殺しにされるのではないかと心配しているらしい。どこまで優しい娘なんだろう。

「いいからさっさと降りて車から離れろ！」

大崎は美雪を突き飛ばした。転がり落ちるようにして美雪が外に出ると、素早くバックドアを力いっぱい閉めた。十和子が大崎の肩を背後からつかみ、ゆっくりと顔を近づけてくる。

「憎い……。憎い……。憎くてたまらないの」

その手を振り払おうとしたが、身体が動かない。まるで金縛りにあったかのように、全身が硬直していた。

「憎い……。どうしてこんなに憎いのかしら。あああ、おまえを許さない……」

首だけはなんとか動かすことができた。振り向くと、大崎の顔のすぐ前、吐息がかかるほど近くに十和子の顔があった。

「憎い……憎い……」

湧き出てくる憎しみの感情に自分でも困惑しているのか、悲しげな表情で十和子が両手で大崎の頬を撫でる。大崎の全身に鳥肌が立つ。死者に触れられた場所から、大崎の身体も急激に死体に変わっていくように感じられた。

意識が薄れていく。もうダメだ。正義マンといっても超人ではなく、ただの人間だ。一度死んで生き返ってきた人間に敵うわけがない。大崎はあきらめそうになった。

バン！

大きな音が響き、薄れゆく意識の中、大崎はそちらに視線を向けた。

バン！　バン！　バン！　バン！

両手でウィンドウガラスを叩きながら、車内に向かって美雪が叫ぶ。

「お母さん、やめて！　先生を殺さないで！」

十和子の顔がゆっくりと窓のほうに向けられた。不意に大崎の身体に自由が戻ってきた。とっさに大崎は十和子の横を擦り抜け、頭からダイブするようにして運転席へ移動し、ダッシュボードのところにある黒いボタンを押し込んだ。十和子の視線が美雪から大崎のほうに向けられるのがわかった。

早く！　早く！

大崎は心の中で叫んだ。十和子が緩慢な動きで助手席のほうに移動してくる。手がこちらに伸びる。大崎の肩をつかもうとする。指先が触れた瞬間、ポンと軽やかにボタンが飛び出た。

それを素早く引き抜き、開いているドアから転がり落ちるようにして外に出て、ドアを力いっぱい閉めた。

十和子も大崎を追って外に出ようとするが、ドアは開かない。内側からは開けられないように、事前にインナーハンドルを壊してあったのだ。だが、そんな小細工が今の十和子に通用するかどうかはわからない。急がなければ。

立ち上る刺激臭が大崎の鼻をついた。車の下に黒い液体が大量に溜まっているのが夜目にもはっきりと確認できた。今もポタポタという音とともに、その黒い水たまりはさらに大きくなっていく。

それはガソリンだった。タンクに細工をして、少しずつ漏れ出るようにしておいたのだ。もちろん十和子を焼き殺すためだ。

「先生、大丈夫ですか？」

美雪が心配そうに声をかける。

「バカ！　さっさと車から離れろって言っただろ！」

体当たりするような勢いで美雪の身体を抱きかかえて大崎は車から離れ、右手に持っているものを見た。

ダッシュボードのところから引き抜いたのはシガーライターだ。タバコを吸わない大崎は今まで使ったことはなかったが、中古で車を購入したときから備え付けられていた。それは今もまだ真っ赤に焼けている。

車内に目を向けると、ウィンドウガラス越しに目が合った。十和子はまるで自分の運命を悟って、ほっとしているように見えた。ミーチャのときと同じように、これで終わりにできるのだと。

無理やり生かされるのは、とんでもなく苦しいことなのだろう。あのセミと同じように。だから大崎は、十和子のこの生を終わりにしてあげなければいけない。それが大崎の正義だった。そして、こんなことになった原因を作ってしまった自分がしなければならない贖罪の行為だった。

「十和子さん、許してください」

聞こえたかどうかはわからない。それでも大崎は十和子にそう声をかけてから、車の下目掛けて、真っ赤に焼けたシガーライターを放り投げた。

それが地面に落ちるのを待つことなく、気化したガソリンに引火した。目の前の空間自体が一気に炎上した。爆風が大崎に襲いかかり、庇うように美雪を抱きしめたまま後ろに数歩よろけた。

目を開けると、車は暗いグラウンドの真ん中で、まるでキャンプファイヤーのように燃え上がっていた。その炎に包まれた車の窓に人影が揺れる。

「お母さん！」

美雪が大崎の腕を振り払い、車のほうに向かおうとする。

「ダメだ！　あきらめろ！」

大崎が美雪の腕をつかんで引っ張り寄せる。その瞬間、タンクの中のガソリンに引火したらしく、さっきの数倍激しい爆発が起こった。地響きがして、熱風が夜のグラウンドに地獄の業火のように吹き荒れる。大崎と美雪は一緒に吹き飛ばされて地面を転がった。

身体を起こすと、車は炎の中で、もうほとんど骨組みだけのようになっていた。十和子を葬るための場所にグラウンドを選んだのは、爆発しても他の人に被害が及ばないだろうと考えたからだったが、その威力は予想以上だった。

美雪は燃える車を呆然と見つめている。

大崎が美雪を殺そうとしたのは、もちろん本気ではなかった。十和子が娘を思う気持ちは今もきっと変わりはないだろうと思い、試してみたのだ。もちろん美雪にもその意図は伝えていなかった。恐怖を感じ、絶望し、きっと美雪は心の中で十和子に助けを求めたに違いない。そして十和子はやってきた。憎しみの化身となったはずの十和子が、愛する娘のためにやってきたのだ。

「すまない。おまえを囮に使わせてもらったんだ。おまえたち親子を化け物扱いしたのは俺の本心じゃない。でも、こうしないと十和子さんは永遠に苦しみつづけることになったんだ。わかってくれ」

美雪は止めどなく涙があふれてくる瞳で、大崎を睨みつける。なにか言いたそうに唇が動くが、結局、なんの言葉も発せられることはなかった。こうするしかないことは、美雪にもわかっているのだ。

十和子を炎で葬ろうと考えたのは、屋上で美雪から聞かされた話がヒントになっていた。美雪が生き返らせた猫を十和子は焼却炉で燃やした。そうすることで、この悲劇を終わりにすることができるなら、十和子も同じ方法で葬れるはずだと考えたのだ。

もちろん自分が燃やしたのは生き返ってきた死人だと主張したところで誰も信じてくれないだろうから、殺人罪に問われるはずだ。でも、かまわない。大崎は殺人よりももっとひどい罪を犯してしまったのだから。十和子に死の苦しみを味わわせ、さらに復活の苦しみを味わわせ、そして、もう一度死の苦しみを味わわせたのだから。

でも、とりあえず、これで終わったのだ。

最期の瞬間を見届けようと、顔に炎の熱を感じながら、大崎は燃えつづける車をじっと見つめた。

映画の終わりを惜しむ長すぎるエンドロールのように、車は何度も小さな爆発を繰り返しつづけている。その何度目かの爆発で、溶接が溶けたドアがバタンと落ちた。そこから激しい炎が噴き出す。吐き出される黒煙の中に、人影が見えた。

大崎は息を呑んだ。その人影をじっと見つめつづける。美雪も気づいたようだ。横で息を呑む気配がした。

その人影は動いている。人影はゆっくりと車から出て、こちらに向かってくる。降り立ったのは十和子だった。全身から炎を上げながら、一歩一歩、大崎のほうに向かって歩いてくる。

「憎い……。憎くてたまらないの。憎い……。おまえのくだらない正義のせいで……。憎い……。憎い……」

燃え盛る炎の音に紛れながらも、十和子のつぶやきがはっきりと聞こえる。そんなにも強い憎しみの感情を持っているのか……。

紛れもない恐怖を感じ、大崎は後ろによろけるように後ずさる。

「十和子さん……。ああ、なんてことだ……」

焼けただれた姿で十和子が近づいてくる。それはボロボロになりながらも死なない標本のセミを連想させた。

あんなガソリンによる炎程度のものでは、黄泉国《よみのくに》から舞い戻ってきた怪物を滅ぼすことはできないらしい。だとしたら、大崎にはもう十和子をこの無間地獄から解放する手段は残っていない。

哀れんでいる場合ではない。逃げなければ。今、大崎は十和子にとっては憎悪の対象なのだから。後ろを振り返り、走り出した大崎の身体が前のめりによろけた。

見ると、右足がふくらはぎの辺りまで地面に埋まっていた。燃え盛る炎に照らされたグラウンドは、いつの間にか、まるでタールのように真っ黒なぬかるみと化していた。

幻だ。こんなものは幻に過ぎない。そう思いながらも、身体はぬかるみに埋まっていく。

「憎い……憎い……憎い……」

背後から声が近づいてくる。大崎はなんとかぬかるみから抜け出そうと左足を踏み込んだ。それもまたぬかるみに埋まってしまう。必死に右足を引き抜いたときには、もう左足が膝の辺りまで埋まってしまっていた。一歩、一歩、前に進む度に、大崎の身体は沈んでいく。

腰の辺りまで埋まってしまい、もう前にも後ろにも動くことはできなくなった。なんとか身体をひねって、後ろを振り返ると、十和子が焼けただれた姿で見下ろしていた。

「憎い……。憎い……。おまえが憎い……」

大崎はぬかるみの中で必死にもがきつづける。そんな大崎と十和子の間に、美雪が立ちはだかった。

美雪は大崎を守るように両手を広げ、十和子に向かって叫ぶ。

「お母さん、もうやめて！」

36

「お母さん、もうやめて！」

美雪はまっすぐに十和子を見つめた。戸惑ったように十和子が動きを止める。微かに残った母親としての理性と、湧き上がる憎悪が拮抗しているのがわかる。

美雪の危機を察してここに現れたはずだったが、美雪が目を逸らしたらいきなり襲いかかってきそうだ。今の十和子は獰猛な野獣と一緒だ。日に日に、生きてきた頃の心が死んでいくように思えた。

「美雪、俺のことはもういいから、おまえは逃げろ。十和子さんはもうおまえの知ってる優しいお母さんじゃない！」

「そんなのダメ。先生がたとえ私たちにひどいことをしたんだとしても、お母さんにもう人殺しなんかさせたくない！」

目の前でグルル……と獣のように唸り声を上げている焼けただれた十和子の姿には、生前の優しく知的で、美雪が大好きだった母親の面影はまったくなかった。

お母さんをこんなふうにしてしまったのは私だ。生き返らせちゃいけなかったんだだ。先生が悪いわけじゃない。私がお母さんの言うことを聞かなかったから……。ひとりぼっちになるのをいやがって、お母さんを無理やり生き返らせちゃったから……。

「ごめんなさい、お母さん。お母さんの言いつけを守らなかったせいで、お母さんをこんなに苦しめて……」

涙があふれてくる。それを手の甲で拭った。一瞬、目を離してしまった。次に目を開けたときには、十和子の醜い顔がすぐ目の前にあった。生臭い吐息がかかるほど近くだ。

「美雪、邪魔だよ。どきなさい」

あっと思ったときには、美雪の身体は数メートル後ろまで弾き飛ばされていた。大崎の悲鳴が聞こえた。地面に横たわったまま視線を向けると、大崎の身体が半分埋まったぬかるみの中でなにかが動いている。それは蛇だ。無数の蛇がうごめき、大崎の身体を締め付け始める。

「やめろ！　やめてくれ！」

「先生！」

本当なら自分ひとりで受け止めなければいけない運命だったのに、大崎を巻き込んでしまった。大崎は危険を冒してまで、十和子を葬り去ろうとしてくれた。それも、これから永遠につづくことになる苦しみから十和子を救うために。

その大崎を今ここで見殺しにするわけにはいかない。

「先生、私はどうすればいいの？　お母さんを救うにはどうすればいいの？」

ぬかるみの外から美雪が大声で問いかけると、大崎は一瞬黙り込んだ。それを口にしていいのかどうか悩んでいるようだ。

「先生、教えて！」

「……わかった。美雪、おまえにも力があるんだろ？　十和子さんが猫を燃やしたように、十和子さんを燃やせ。灰も残らないぐらいに完全に。ガソリンでは燃やし尽くせないんだ。でも、おまえならできる」

「……燃やす？　私がお母さんを焼き殺す？」

そうつぶやいた瞬間、頭の中に津波のように、あるヴィジョンが流れ込んできた。それをずっと覆い隠していた重いベールが、燃え盛る炎の熱風で煽られるようにしてめくれ上がる。

十和子に無理やり忘れさせられた過去が蘇ってくる。

「お父さん……」

父親の顔が目の前にあった。頰は引きつり、唇は歪んでいる。美雪の腕に敦夫の手の指が食い込む。力の加減もできないのだ。それは興奮のためか、恐怖のためか、絶望のためか。

敦夫は家の前に停めた車に美雪を乗せようとしている。いやだ、乗りたくない、と美雪は泣き叫んでいる。いつもは車でお出かけをするのが大好きだったが、その日はなぜだか、どうしても乗りたくなかった。

そんな美雪を無理やり車に押し込もうとしながら敦夫が言う。

「俺がなにをしようとしてるかわかるんだな。やっぱりおまえは普通じゃないんだ。死んだものを生き返らせるなんて、そんな神に背くようなことをしちゃいけないんだ。おまえはこのまま生きていても、自分もまわりのみんなも不幸にするだけだ。だからお父さんと一緒に、誰の迷惑にもならない場所へ行こう。さあ、おとなしく車に乗りなさい」

その数日前に、美雪は小火を出していた。オモチャを出しっぱなしで外に遊びに行ったことを十和子に叱られて、美雪が癇癪を起こした瞬間、部屋の中の電化製品が一斉に火を噴いたのだ。

幸い、大事には至らなかったが、それが美雪の仕業だと思った敦夫は、自分の娘を恐れるようになった。そして、こっそり観察していて、美雪が死んだてんとう虫を生き返らせているところを目撃した。

自分の娘は普通の人間ではないということを確信した敦夫は絶望し、一緒に死のうと決意したのだった。

「あなた、ちょっと待って！　美雪をどうするつもりなのッ？」

美雪の泣き叫ぶ声を聞いた十和子が家の中から飛び出してきた。洗い物をしていたのか、エプロンをつけていて、手が濡れている。

「美雪は普通じゃない。車で一緒に海に飛び込んで、全部終わりにするんだ。俺はもう疲れた。なあ、おまえも一緒に行こう。そのほうがおまえもいいだろ？　もうこれ以上、苦しまなくても済むんだから」

敦夫は美雪を抱え上げて、無理やり車に乗せようとする。

「痛い！　痛いよ、お父さん！」

美雪がドアの縁につかまり、身体をよじって泣き叫ぶ。

「やめて、あなた。美雪が怖がってるじゃないの」

十和子が敦夫の腕にすがりつき、美雪を助けようとする。

「邪魔するな！」

敦夫が十和子の手を力いっぱい振り払った。その勢いは強く、十和子は道路に倒れ込んでしまう。そのとき、美雪は敦夫の腕を思いっきり嚙んだ。

「痛ッ」

敦夫の手の力が弱まった隙に、美雪は敦夫の腕の中から逃れて車の陰に身を隠した。

「ちくしょー。どうしてこんなことに……」

美雪を捕まえることを断念した敦夫は、十和子に向き直り、倒れている彼女を蹴りつけた。

優しくて、どちらかといえば気弱な父だった。声を荒らげたり、ましてや暴力を振るったことなど一度もなかった。そんな敦夫の暴力に十和子も驚いたのだろう。一瞬、ほんの少し力がもれてしまったらしく、敦夫のスーツの袖口が燃え上がった。

悲鳴を上げ、敦夫は慌てて上着を脱ぎ捨てて地面に叩きつけ、足で踏んで火を消した。十和子を見る敦夫の目つきが怯えていた。悲しげにかぶりを振る。

「おまえのせいで……。おまえの変な力のせいで俺は、どれだけ苦労したことか……。おまえでさえ力をセーブできないことがあるんだから、美雪は今にとんでもないことをしでかすぞ。そうなる前に、終わりにするんだ。だから邪魔をするな！」

敦夫は再び激しく十和子を蹴りつけた。どうしたわけか、十和子はまったく抵抗しない。ただ敦夫の暴力を甘んじて受けつづける。

「やめて、お父さん！　お母さんをいじめないで！」

美雪は車の陰から飛び出して、小さな身体を折り曲げるようにして力いっぱい叫んだ。

「ダメよ、美雪！」

不穏な気配を感じた十和子が叫ぶ。一瞬、敦夫が不思議そうな顔で美雪を見つめた。その瞬間、敦夫の全身から勢いよく炎が噴き出した。敦夫は自分が置かれた状況が信じられないといったふうに目を見開き、一歩二歩と美雪のほうに近づいてきて、そのまま前のめりに倒れた。

「美雪！」

十和子が美雪に駆け寄り、その小さな身体を抱きしめた。言い聞かせるように耳元で囁く。

「大丈夫よ。これはお母さんがやったの。美雪はなにも悪くない。忘れなさい。全部忘れなさい」

それはとんでもなくショックな出来事だった。自分の父親を焼き殺してしまったのだから。それもひょっとしたら十和子の不思議な力の一種だったのかもしれないが、まるで催眠術にでもかかったように美雪は本当にそのことをすべて忘れてしまっていたのだった。

「どうした？　美雪、しっかりしろ！」

大崎の声で美雪の意識は深夜のグラウンドに引き戻された。記憶がフラッシュバックしていたのは一瞬のことだったようだ。

「憎い……。憎い……。憎い……」

口の中で嚙み砕いたような不明瞭な言葉をつぶやきながら、十和子が大崎に近づいていく。その姿は醜い。悲しくて、また涙があふれてしまう。腰まで土に埋まりながら、大崎が叫ぶ。

「美雪、しっかりしろ！　できるんだろ？　燃やせるんだろ？　だったら十和子さんを燃やせ。灰も残らないぐらいに！　じゃないと、彼女はこれから先、永遠に死ねない身体で生きつづけなければならない。それが小さなカケラになってもだ！」

大崎が言っていることは、おそらく正しい。きっとミーチャの体を灰も残らないほど完全に燃やしたのは、そういうことだったのだろう。今となっては美雪にも、十和子がしたことの意味がわかる。あれはミーチャのためだったのだ。

では、今、美雪が十和子のためにしなければならないこと……。それは十和子の身体を燃やし尽くしてしまうことだ。灰も残らないほど完全に。

「憎い……。憎い……。憎い……。憎い……」

そうつぶやきつづける十和子を美雪はじっと見つめた。葬り去る……。なにも残らないぐらいに……。それがお母さんのため……。全部、燃やす……。燃やし尽くす……。

美雪は眉間に力を込めた。十和子の動きが止まった。焼け焦げた顔に怪訝そうな表情が浮かんだ、ように見えた。

燃やす。燃やす。燃やす。燃やす。燃やす。燃やす。燃やす。

両拳を強く握りしめながら、美雪は心の中で繰り返した。身体が爆発しそうなほど、内側に力が高まっていく。それをぶつければいい。それで終わる。

……でも、できない。愛する母を燃やすなんてことは美雪にはできない。はぁぁぁ、と長く息を吐くと、全身の力が抜けていく。美雪はうなだれて、かぶりを振り、そしてつぶやくように言った。

「お母さん、ごめん。全部、私が悪いの。先生の代わりに私を殺して。私に復讐して」

醜いモンスターになった十和子に、美雪は泣きながらしがみついた。低く唸りながら、十和子は身体を揺すって振り払おうとする。それでも美雪はしがみつきつづけた。

「ごめんなさい。お母さん、ごめんなさい！」

あふれ出た大粒の涙が頬を流れ落ち、それが十和子の肩口に滴る。ぽたり。ぽたり。ぽたり。涙に濡れたところから波紋が広がるようにして、灰色に飲み込まれてしまっていた十和子の身体に彩りが戻っていく。

同時に、際限なく繰り返されていた「憎い」というつぶやきが止まった。

十和子の身体になにかが起こっている。その変化に気づいて力を緩めた瞬間、美雪は突き飛ばされた。ぬかるみに足を取られ、大崎のすぐ横に倒れ込んだ。やっぱりダメだったんだ。もう無理なんだ。

絶望に襲われながら振り返った美雪は、そこによく見慣れた穏やかな表情を浮かべている十和子の姿を見て息を呑んだ。片目がつぶれ、全身が焼けただれていたが、それは間違いなく最愛の母だ。

「お母さん、正気に戻ってくれたの？」

美雪の問いかけに応えるように十和子は小さくうなずいた。ひび割れた唇を微かに動かして声を絞り出す。

「美雪……ダメな母親でごめんなさいね。人を憎むなって、あなたにはいつも偉そうに言ってたのに、こんなことになっちゃって」

「ううん。私が悪いの。お母さんにあんなにダメだって言われてたのに、それを無視して生き返らせたから」

十和子の顔が苦しげに歪む。身体が小刻みに動いている。

「もう……もう時間がない。また憎しみに飲み込まれちゃいそうよ。だから……だから、もう終わりにするわね。あなたをひとりにしちゃうのは申し訳ないけど、こんな馬鹿げたことは全部忘れて、楽しかった日々だけを覚えておくのよ。さよなら、美雪」

十和子の身体が不意に滲んだ。まるで陽炎のようにゆらめく。と思ったときには、勢いよく十和子の身体が燃え上がった。

ガソリンかなにかをかけられて燃えているといったふうではなく、十和子の身体自体が燃えているのだ。しかもその炎は澄み切っている。青白い美しい炎の中で、十和子の肉体は激しく燃えつづける。

美雪はふらりと立ち上がり、十和子に向かって叫んだ。

「お母さん！　やっぱりダメ！」

駆け寄ろうとする美雪の腕を大崎がつかんだ。タールのようなぬかるみは消え、大崎の身体は自由になっていた。

「ダメだ。美雪まで焼け死んでしまう」

「放して！」

美雪は大崎の腕を振り払おうと暴れながら、十和子に向かって叫んだ。

「やっぱりお母さんには生きててほしいの！　それがどんなお母さんであっても、生きててほしいの！」

美雪の目の前で、十和子は激しく燃えつづける。ただ、炎の中で十和子の表情はとても穏やかだ。十和子が膝をついた。いや違う。右足が炭化し、ボロボロに崩れてしまったのだ。

それでも十和子は穏やかな表情を浮かべつづける。肉が溶け、骨が剝き出しになっても、美雪には十和子が微笑んでいるように見えた。

十和子は前のめりに倒れ込んだ。すでに身体の大部分が炭化している。それでも炎は一向に衰えることなく、さらに激しく燃え上がる。

強烈な炎。これはミーチャを焼却炉で燃やしたときに使った炎だ。その炎は憎しみや嫉妬など、マイナスな情念もすべて焼き尽くす。

それは十和子の意志だ。自分の肉体をすべて滅ぼして、このいびつな生を終わりにしようという強い意志。そして十和子の肉体は最後、灰になり、その灰までも完全に燃え尽きた。

そこにはなにも残っていない。ただ焦げた土だけがあった。

身体が揺れている。と思うと、美雪の全身から力が抜けていく。ふらりと後ろに倒れ込んだ。それを大崎がとっさに抱きかかえてくれた。

「おい、しっかりしろ」

大きな手のひらが額に触れるのがわかった。

「すごい熱だ」

大崎が驚いている声。それを聞きながら、美雪は意識を失った。

37

囁き声で言葉が交わされるのが聞こえる。

「このまま十和子さんが現れなかったら、どうします？　あの人はもともとちょっと変わったところがあったから」

「うん、そうだな。もしそうなったら、美雪ちゃんはうちで引き取ろう」

「いいの？」

「十和子さんには両親も兄弟もいないんだから、あの人が行方不明になっちゃった今、美雪ちゃんは天涯孤独だ。ひとりにはしておけないし、敦夫の子供を俺たちが引き取るのは当然だろう。それにうちには子供はいない。神様からのプレゼントだと思えばいい」

「そうね。美雪ちゃんは引っ越しをしなきゃいけなくなるけど、同級生が何人も事故に遭ったり、いろんなことがあった場所から離れられて、かえっていいかもしれないわね」

目を開けると、白い天井が見えた。見慣れた自分の部屋の天井ではない。息を呑む気配がした。美雪はゆっくりと、そちらに顔を向けた。

「……伯母さん？　……伯父さんも。どうしたの？」

そこにいたのは、亡くなった父親、臼庭敦夫の兄である臼庭康夫《やすお》とその妻の智世《ともよ》だった。美雪にとっては伯父と伯母に当たる。ふたりの目にみるみる涙が溜まっていく。その涙を指で拭い、智世が少し怒ったように言った。

「どうしたもこうしたもないよ。心配したんだよ。美雪ちゃんは一週間も眠ったままだったんだから」

「……一週間も眠ってた？　どうして？　私、交通事故にでも遭ったの？」

身体を起こそうとしたが、ずっと眠っていて筋肉を使っていなかったせいか、うまく身体が動かない。

「あっ、美雪ちゃん、無理しないほうがいいよ」

康夫が慌てて手を差し出した。

「でも……。じゃあ、お母さんに電話して。一週間も眠ってたなら、お母さんが心配してるはずだから」

美雪がそう言ったとたん、ふたりが同時に手で顔を覆った。その手の下から嗚咽がもれてくる。

「俺、看護婦さんを呼んでくるよ」

康夫が涙を拭きながら病室を出て行った。

「どうしたの、伯母さん？　ひょっとしてお母さんも私と一緒に事故に遭ったの？」

「なにも覚えてないいんだね。いいよ。そのほうがいいよ。だけど、心配はいらないからね。私たちがついてるから、なにも心配はいらないからね」

智世が掛け布団を直してくれて、ポンポンと布団の上から美雪の胸の辺りを軽く叩いた。すごく疲れていた。頭の芯が痺れている。なにも考えられない。なにも考えたくない。美雪はぼんやりと天井を見つめた。

結局、美雪は意識を失う前の数日間の記憶をなくしていた。そして、その記憶が戻ることはなかった。

後に美雪が知った事実はこうだ。

学校のグラウンドで炎が上がっていると近くの住人から通報があり、消防と警察が駆けつけると、意識を失っている美雪と、傷だらけの大崎昭吾の姿があった。

ふたりは救急車で病院に運ばれたが、大崎は自分が十和子を焼き殺したと警察に話した。しかし、大崎が証言した犯行現場――学校のグラウンドからは遺体は発見されなかった。大崎が十和子の死体は跡形もなく燃え尽きたと主張したために、念のため、現場の土を解析したが、やはり人間の骨の成分も検出されなかった。

たとえガソリンで燃やしたとしても、人体がそこまで完全に燃え尽きるとは考えられない。その他の証拠が出てくることもなかったため、大崎の証言は精神異常による妄想と見なされ、彼が殺人罪で起訴されることはなかった。

美雪は病院に搬送されてから一週間眠りつづけた。外傷はたいしたことはなかったので、なにか大きな精神的ショックを受けたためだろうと考えられた。そのことに大崎が関わっているのは明らかだったが、やはり大崎の証言は的を射ないものばかりだった。

直近の記憶をなくしていた美雪は、当然、自分がなぜグラウンドにいたのかも覚えていない。

警察から大崎の証言を聞かされた美雪は、「大崎先生がそんなことをするはずがない」と即座に否定した。

それでも十和子の行方は杳として知れずに、なにか事件に巻き込まれたことは確かなようだった。警察は捜索をつづけたが、十和子の行方が明らかになることはなかった。

まるで神隠しにあったように消息はまったくわからないままだったが、美雪は十和子がいつもそばにいて見守ってくれているような気がしていた。

なにか事情があるのだろう。いつかきっと美雪の前に現れて、優しい笑みを浮かべながら抱きしめてくれるはずだと信じていた。

十和子がいなくなったため、身寄りのない美雪は父方の伯父夫婦に引き取られ、学校も転校し、新しい環境で生活していくことになった。

伯父夫婦は本当の親のように、優しく、ときに厳しく美雪を育ててくれた。美雪も特に気を使うことなく、のびのびと生活することができた。

環境が変わったことがよかったのか、体調もよくなり、新しい学校ではそれなりに馴染むことができた。ごく普通の少女として、美雪は楽しく暮らしていた。

そんなある日、学校からの帰り道で蜘蛛の巣にかかったまま死んでしまっているトンボを見つけた。蜘蛛は他にもっといい餌場を見つけて移動したのか、網にかかった獲物を放置していた。

その間にトンボは死んでしまったようだ。それは無駄死にのように思えた。せめて蜘蛛の餌になっていれば、死んだ意味もあっただろうに……。

そんなトンボが可哀想でたまらなくて、美雪は生き返らせてあげようと優しく撫でてみた。目を閉じて、トンボの死骸に呼びかける。

「戻ってきて。あなたはもう一度生きられる。だから戻ってきて」

だけど、それはいつまでも死んだままで、動き出すことはなかった。

「ごめんね。やっぱり無理みたい」

トンボにあやまり、地面に穴を掘って埋めてやった。

不思議な力がなくなってしまったと落胆したが、よく考えたら昔からそうだったような気がした。一度死んだものを生き返らせることなんかできるわけがない。すべては夢だったんだ。美雪はそう思い込むようになった。

そして美雪は、少し内気な、線の細い、美しい女性へと成長し、大学を卒業して就職したデザイン用品会社で知り合った男性と結婚し、可愛い男の子を産んだ。

それは平凡だが、いや、平凡だからこそ、美雪にとってはとても幸せな日々だった。

エピローグ

二〇一九年、五月――。

美雪は夫の伊原直人《いはらなおと》と五歳になる息子の春翔《はると》と三人で、先月、東京の都心にあったマンションから、郊外にある新築の一戸建ての家に引っ越してきた。

そこは山を切り崩して宅地を造成しているらしく、剝き出しの地面や、無残に削られた山肌が広がっていた。そうやって切り拓かれた住宅地の一番奥に、美雪たちの新居はあった。

両隣はまだ空き地だ。いや、両隣どころか、美雪たちの家以外、辺り一帯はまだようやく更地にされたところだった。剝き出しの赤土が痛々しかったが、愛する夫と子供が一緒だと思うと、それさえも自然の美しさのように感じることができた。

直人は休日を利用して、朝から犬小屋作りに夢中になっていた。知人の家で生まれた柴犬の子供をもらうのだそうだ。一戸建ての家で犬を飼うのが子供の頃からの夢だったらしく、額に汗をかきながら楽しそうにのこぎりを挽いている。

春翔も前の家とはまったく違う環境が楽しくてならないようで、バッタやトンボを追いかけ回していた。でも、春翔はまだ五歳だ。転んで怪我をしないか、山の奥へ入り込んで迷子にならないか、変な草に触れてかぶれたりしないか、と心配でたまらない。

「春翔ちゃん、あんまり遠くへ行っちゃダメよ。ねえ、春翔ちゃん、どこにいるの？」

家の裏はすぐに木が生い茂った森のようになっている。さっき春翔はその手前で虫を追いかけていたはずなのに、姿が見えない。美雪は背中にいやな汗が流れ落ちるのを感じた。

直人が犬をつなぐための杭を打っているのだろう。カーン、カーン、カーンという音がなぜだか不吉に響き渡る。

「春翔ちゃん！　どこ？　どこにいるの？」

もう一度、森に向かって声をかけると、深く茂った濃い緑の草むらから春翔が姿を現した。ほっと胸を撫で下ろした美雪だったが、春翔が五歳児には似合わない物憂げな表情を浮かべていることが気になった。

「どうしたの？」

美雪が問いかけると、すぐ近くまで来て春翔が右手を差し出した。なにかを握りしめている。その手を春翔がゆっくり開く。小さな手のひらの上に、黒い紐のようなものが載っていた。なんだろうと思って顔を近づけると、それはいきなり手のひらの上でもぞもぞと動き始めた。

トカゲの尻尾だ。春翔に追い回されて、トカゲは尻尾を切り捨てて逃げたのだろう。そう思ったが、手のひらの上でのたうつそのグロテスクな様子に、美雪は思わず悲鳴を上げてしまった。

「どうしたッ？　美雪！」

直人の心配そうな声が聞こえた。そちらに向かって美雪は駆け出した。そのあとを春翔がトカゲの尻尾を握りしめたまま、笑いながら追いかけてくる。追いかけっこをしているつもりなのだろう。美雪もそうだ。これはおふざけなのだ。

家の裏手まで来ると、庭のほうから直人が飛び出してきた。

「美雪！」

「あ、あなた……」

美雪は直人の胸の中に飛び込んだ。

「どうした？　なにがあったんだ？」

直人の問いかけに、美雪は顔を背けたまま、おそるおそるといった様子で背後に手を伸ばしてぽつりと言った。

「トカゲよ」

「……トカゲ？　おいおい、びっくりさせるなよ」

強張っていた直人の身体から力が抜けていく。

「だってぇ、爬虫類って苦手なんだもの」

唇を尖らせて甘えるように言い、美雪は直人に背中を向けた。直人が苦笑いしている気配が感じられた。こんな新婚夫婦のようなやりとりは、以前なら考えられなかった。引っ越しして環境が新しくなった効果だろう。

そんな美雪たちに、春翔が駆け寄ってきた。

「パパ……」

春翔が直人に向かって手を差し出した。直人が不思議そうに首を傾げる。

「春翔、なにを持ってきたんだ？」

直人が問いかけると、春翔はゆっくりと手を開いた。手のひらの上に、トカゲの尻尾が載っている。それがピクンと跳ねて、地面に落ちた。

「いやっ」

美雪がまた悲鳴を上げた。何度見ても、気味が悪い。直人も一瞬、身体をのけぞらせたが、トカゲの尻尾だとわかると、すぐに笑顔になった。直人も子供の頃には、トカゲを捕まえようとして尻尾だけを手に入れたことがあったのかもしれない。どことなく懐かしそうな顔をしている。

のたうちまわる尻尾を見つめながら、春翔が不思議そうに訊ねた。

「これ、壊れちゃったの？」

「壊れたわけじゃないさ。トカゲは敵に襲われると、自分で尻尾を切り捨てちゃうんだ。こうやって尻尾がピクピクしているのに敵が気を取られているうちに逃げるんだよ」

「でも、尻尾がなくなったら困るんじゃないの？　トカゲさんはあとで尻尾を取りに来るのかな？」

可愛らしい春翔の問いかけに、直人は楽しそうに笑った。

「トカゲの尻尾はまた生えてくるんだよ。だから、その尻尾はもういらないんだ」

「ふ～ん、尻尾がまた生えてくるなんて、すごいね」

春翔の目がキラキラと輝いている。今まで知らなかった新しい世界に触れたよろこびに浸っているのだ。子供にとっては毎日が驚きの連続なのだろう。

「じゃあ、この尻尾からもトカゲさんが生えてくるの？」

そんなことがあるわけないでしょ、と言おうとした美雪を直人が手で制した。直人はいたずらっ子のような表情を浮かべている。不意に真面目な顔になると、直人は春翔の目を見つめながら言った。

「うん、そうだよ。この尻尾からもトカゲが生えてくるんだ」

「ほんと？」

春翔が顔をパッと明るくした。

「ちょっと、あなた……」

美雪が咎めるように言うと直人は、話を合わせてくれよ、というふうに片目をつぶってみせた。子供の夢を壊さないための計らいなのだ。目くじらを立てるようなことではない。美雪はあえてなにも言わないことにした。

直人はその場に屈み込み、まだ土の上でのたうっているトカゲの尻尾を拾い上げて春翔の手に握らせた。

「だけど、土に埋めて、ちゃんと水をあげないとダメだぞ」

「へえ、じゃあ、お花の種とおんなじだね」

春翔の目がキラキラと輝く。

「ああ、お花とおんなじだとも」

直人がそう駄目押しすると、春翔はくるりと身体の向きを変えて、庭の隅のほうへ走っていった。

「ねえ、パパ、ここに埋めてもいい？　ここだったらお日様もよく当たるでしょ？」

春翔が振り返り、澄んだ瞳を父親に向けた。直人の顔に一瞬、困惑が浮かんだが、今更冗談だとは言えない。

「ああ、いいよ」

父親の許しを得た春翔は、美雪がガーデニング用に買っておいたスコップで地面を掘り、そこにまだ動いているトカゲの尻尾を埋めた。そして、如雨露を抱えるように持って水をかけ始めた。

その小さな背中に、直人が声をかける。

「そうそう。忘れてた。トカゲの尻尾はお花とは違って、水をあげるだけじゃダメで、呪文を唱えないといけないんだった」

「じゅもん？」

「そう。えろいむえっさいむ、えろいむえっさいむ……って呪文を唱えないといけないんだ」

直人が笑いをこらえながらそう言うと、春翔は真剣な表情でうなずいた。

「うん、わかった。えろいむえっさいむ、えろいむえっさいむ……」

まるで小さなお墓のように盛り上がった土の前にしゃがみ込んで、呪文を唱え始めた。

愛する我が子が口にした呪文は、美雪にはとんでもなく禍々しいもののように聞こえた。なにかよくないことが起こりそうな、不吉な予感が身体の中に充満してくる。やめて。春翔ちゃん、そんな気味の悪い呪文を唱えないで。そう言ってやめさせようとしたが、喉が狭まり、声が出ない。美雪は喘ぐように息をした。全身に汗が滲み出てくる。こめかみの辺りが、ドクドクと脈打つ。

「えろいむえっさいむ、えろいむえっさいむ、えろいむえっさいむ……」

貧血を起こしそうな予感。身体がぐらりと揺れる。庭の隅にしゃがみ込んで無心に呪文を繰り返す息子と、その様子を微笑ましげに見つめている夫の姿が、薄いベールの向こうにあるように感じられた。

「えろいむえっさいむ、えろいむえっさいむ、えろいむえっさいむ……」

ダメ。やめて！

不意に目の前が真っ赤になった。それは炎だ。ふたりの人間が燃えている。全身から炎を噴き上げながら、ふたりは美雪のほうによろよろと近づいてくる。春翔と直人ではない。

お父さん？　お母さん？

それは死んだ父と行方不明の母だった。

呆然と見つめる美雪の前で炎はさらに勢いを増し、激しく燃え上がる。苦悶の表情を浮かべながらふたりはすぐに灰になり、その灰さえも燃え尽きて、あとにはなにも残らない。

「えろいむえっさいむ、えろいむえっさいむ、えろいむえっさいむ……」

耳鳴りがする。朽ち果てた大量の虫たちが映像の逆再生のように土の中から蘇り、地面を這い回る。だがそんなものは幻覚を見ているだけだ。その証拠に、直人はただ愛おしそうに息子の背中を見つめている。

「えろいむえっさいむ、えろいむえっさいむ、えろいむえっさいむ……」

蘇った虫たちが次々に空に飛び立っていく。その数が多すぎて、目の前が真っ黒になってしまう。美雪は腕で目を庇い、後ろによろけた。

ふくらはぎの辺りをなにかが、さっと撫でた。驚いて下を見ると、毛並みの悪い猫がじっと美雪を見上げていた。

……ミーチャ？

おわあああああ。おわああああああ。おわああああああ。

不機嫌そうな唸り声を上げながら、ミーチャは庭の中を歩き回る。

「えろいむえっさいむ、えろいむえっさいむ、えろいむえっさいむ……」

やめて。春翔ちゃん、もう呪文を唱えないで。お願いよ。

だけど、美雪の心の声は届かない。そして、春翔の舌っ足らずな可愛らしい声が、小さな庭に響きつづける。

「えろいむえっさいむ、えろいむえっさいむ、えろいむえっさいむ、えろいむえっさいむ、えろいむえっさいむ……」

〈了〉

この作品は書き下ろしです。

忌少女
清水カルマ

発行日　2022年 3月 25日　第1刷
　　　　2022年 5月 25日　第2刷

Discover

Designer　國枝達也
Book Designer　bookwall

Publication　株式会社ディスカヴァー・トゥエンティワン
〒102-0093　東京都千代田区平河町2-16-1
平河町森タワー11F
TEL　03-3237-8321（代表）
FAX　03-3237-8323
https://d21.co.jp/

Publisher　谷口奈緒美
Editor　藤田浩芳

Proofreader　株式会社文字工房燦光
DTP　アーティザンカンパニー株式会社
Printing　株式会社暁印刷

ISBN978-4-7993-2833-0